琼 瑶
作 品 大 全 集

苍天有泪 1

无语问苍天

琼瑶 著

作家出版社

琼瑶，本名陈喆，作家、编剧、作词人、影视制作人。原籍湖南衡阳，1938年生于四川成都，1949年随父母由大陆赴台生活。16岁时以笔名心如发表小说《云影》，25岁时出版首部长篇小说《窗外》。多年来笔耕不辍，代表作包括《烟雨蒙蒙》《几度夕阳红》《彩云飞》《海鸥飞处》《心有千千结》《一帘幽梦》《在水一方》《我是一片云》《庭院深深》等。

多部作品先后改编成为电影及电视剧，琼瑶也因此步入影视产业。《六个梦》系列、《梅花三弄》系列、《还珠格格》系列等，影响至深，成为几代读者与观众共同的记忆。

琼瑶以流畅优美的文笔，编织了众多曲折动人的故事。其作品以对于梦的憧憬和爱的执着，与大众流行文化紧密结合，风靡半个多世纪，成为华文世界中极重要的文学经典。

我为爱而生，我为爱而写

文字里度过多少春夏秋冬

文字里留下多少青春浪漫

人世间虽然没有天长地久

故事里火花燃烧爱也依旧

复羴

I

这是民国八年的暮春。

天气很好，天空高而澄清，云层薄薄地飘在天空，如丝如絮，几乎是半透明的。太阳晒在人身上，有种懒洋洋的温馨。微风轻轻地吹过，空气里漾着野栀子花和松针混合的香味。正是"春色将阑，莺声渐老，红英落尽青梅小"的时节。

云飞带着随从阿超，骑着两匹马，仆仆风尘地穿过了崇山峻岭，往山脚下的桐城走去。

离家已经四年了，四年来，云飞没有和家里通过任何讯息。当初，等于是逃出了那个家庭。走的时候，几乎抱定不再归来的念头。四年的飘泊和流浪，虽然让他身上脸上，布满了沧桑。但是，他的内心，却充满了平和。他觉得，自己真正地长成，真正地独立，就在这四年之中。这四年，让他忘了自己是展家的大少爷，让他从映华的悲剧中走出来，让他做了许多自己想做的事，也让他摆脱了云翔的噩梦……如果不是连续几个晚上，午夜梦回，总是看到母亲的脸孔，他或者根本不会回来。现在，离家渐渐近了，他才感到近乡情怯的压力。中国的文字实在很有意义，一个"怯"字，把游子回家的心情写尽了。家？再回那个家，他依然充满了"怯意"。

翻过了山，地势开始低了，蜿蜒的山路，曲曲折折地向山下盘旋。桐城实在是个非常美丽的地方，四面有群山环峙，还有一条玉带溪绕着城而过，像天然的护城河一样。云飞已经听到流水的淙淙声了。

忽然，有个清越的、嘹亮的、女性的歌声，如天籁般响起，打破了四周的岑寂。那歌声高亢而甜美，穿透云层，穿越山峰，绵绵邈邈，柔柔袅袅，在群山万壑中回荡。云飞惊异极了，转眼看阿超：

"咦，这乡下地方，怎么会有这么美妙的歌声？"

阿超，那个和他形影不离的伙伴，已经像是他生命的一部分。从童年时代开始，阿超就跟随着他，将近二十年，不曾分离。虽然阿超是典型的北方汉子，耿直忠厚热情，心思不多，肚子里一根肠子直到底。但是，和云飞这么长久地相处，阿超早已被他"同化"了。虽然不会像他那样，把每件事情"文学化"，却和他一样，常常把事情"美化"。对于云飞的爱好、心事，阿超是这世界上最了解的人了。歌声，吸引了云飞，也同样吸引了他：

"是啊，这首歌还从来没听过，不像是农村里的小调儿。听得清吗？她在唱些什么？"

云飞就专注地倾听着那歌词，歌声清脆，咬字非常清楚，依稀唱着：

> 问云儿，你为何流浪？问云儿，你为何飘荡？问云儿，你来自何处？问云儿，你去向何方？问云儿，你翻山越岭的时候，可曾经过我思念的地方？见过我梦里的脸庞？问云儿，你回去的时候，可否把我的柔情万丈，带到她身旁，告诉她，告诉她，告诉她……唯有她停留的地方，才是我的天堂……

云飞越听越惊奇，忍不住一拉马缰，往前急奔：

"我倒要去看看，这是谁在唱歌？"

对雨凤而言，那天是她生命中的"猝变"，简直是一个"水深火热"的日子。

雨凤是萧鸣远的长女，是"寄傲山庄"五个孩子中的老大，今年才十九岁。萧鸣远是在二十年前，带着新婚的妻子，从北京搬到这儿来定居的。他建造了一座很有田园味道，又很有书卷味的"寄傲山庄"，陆续生了五个粉妆玉琢的儿女。老大雨凤十九，雨鹃十八，小三十四，小四是唯一的男孩，十岁，小五才七岁。可惜，妻子在两年前去世了。整个家庭工作，和抚养弟妹的工作，都落到长女雨凤和次女雨鹃的身上。所幸，雨凤安详恬静，雨鹃活泼开朗，大家同心协力，五个孩子，彼此安慰，彼此照顾，才度过了丧母的悲痛期。

每天这个时候，带着弟妹来瀑布下洗衣，是雨凤固定的工作。今天，小五很乖，一直趴在水中那块大石头上，手里抱着她那个从不离身的小兔儿，两眼崇拜地看着她，不住口地央求着：

"大姊，你唱歌给我听，你唱《问云儿》！"

可怜的小五，母亲死后，她已经很自然地把雨凤当成母亲了。雨凤是不能拒绝小五的，何况唱歌又是她最大的享受。她就站在溪边，引吭高歌起来。小四一听到她唱歌，就从口袋里掏出他的笛子，为她伴奏。这是母亲的歌，父亲的曲，雨凤唱着唱着，就怀念起母亲来。可惜她唱不出母亲的韵味！

这个地方，是桐城的郊区，地名叫"溪口"。玉带溪从山上下来，从这儿转入平地，由于落差的关系，形成小小的瀑布。瀑布下面，巨石嵯峨，水流急湍而清澈。瀑布溅出无数水珠，在阳光下璀璨着。

雨凤唱完一段，看到小三正秀秀气气地绞衣服，就忘记唱歌了：

"小三，你用点力气，你这样斯文，衣服根本绞不干……"

"哎，我已经使出全身的力气了！"小三拼命绞着衣服。

"大姊，你再唱，你再唱呀！你唱娘每天晚上唱的那首歌！"小五喊。

雨凤怜惜地看了小五一眼，娘！她心里还记着娘！雨凤什么话都没说，又接着唱了起来：

在那高高的天上，阳光射出万道光芒，当太阳
缓缓西下，黑暗便笼罩四方，可是那黑暗不久长，
因为月儿会悄悄东上，把光明洒下穹苍……

云飞走下了山，简直不敢相信眼前所见到的美景：

瀑布像一条流动的云，云的下方，雨凤临风而立，穿着
一身飘逸的粉色衣裳，垂着两条乌黑的大辫子，清丽的脸庞
上，黑亮的眸子在阳光下闪闪发光。她带着一种毫不造作的
自由自在，无拘无束地引吭高歌，衣袂翩翩，飘然若仙。三
个孩子，一男两女，围绕着她，吹笛的吹笛，洗衣的洗衣，
听歌的听歌，像是三个仙童，簇拥着一个仙女……时间似乎
停止在这一刻了，这种静谧，这种安详，这种美丽，这种温
馨……简直是带着"震撼力"的。

云飞呆住了。他对阿超做了一个"安静"的手势，不敢
惊扰这天籁，两人悄悄地勒马停在河对岸。

雨凤浑然不觉有人在看她，继续唱着：

即使没有太阳也没有月亮，朋友啊，你们不要
悲伤，因为细雨会点点飘下，滋润着万物生长……

忽然，云飞的马一声长嘶，划破了宁静的空气。

雨凤的歌声戛然而止，她蓦然抬头，和云飞的眼光接个
正着。她那么惊惶，那么愕然，发现自己正面对着一个英姿
飒爽的年轻男子！

小五被马嘶声吓了一跳，大叫着：

"啊……"手里的小兔子，一个握不牢，就骨碌碌地滚落水中。"啊……"她更加尖叫起来，"小兔儿！我的小兔儿……"她伸手去抓小兔子，砰的一声，就整个人掉进水里，水流很急，小小的身子，立刻被水冲走。

"小五……"雨凤转眼看到小五落水，失声尖叫。

小三丢掉手中的衣服，往水里就跳，嘴里喊着说：

"小五，抓住石头，抓住树枝，我来救你了！"

雨凤大惊失色，拼命喊：

"小三，你不会游泳啊……小三！你给我回来……"

小三没回来，小四大喊着：

"小五！小三！你们不要怕，我来了……"就跟着一跳，也砰然入水。

雨凤魂飞魄散，惨叫着：

"小四！你们都不会游泳呀……小三、小四、小五……啊呀……"什么都顾不得了，她也纵身一跃，跳进水中。

刹那间，雨凤和三个孩子全部跳进了水里。这个变化，使云飞惊得目瞪口呆。他连忙对溪水看去，只见姊弟四人，在水中狼狈地载沉载浮，又喊又叫，显然没有一个会游泳，不禁大惊：

"阿超！快！快下水救人！"

云飞喊着，就一跃下马，跳进水中。阿超跟着也跳下了水。

阿超的游泳技术很好，转眼间，就抱住了小五，把她拖上了岸。云飞也游向小三，连拖带拉地把她拉上岸。

云飞没有停留，反身再跃回水里去救小四。

小四上了岸，云飞才发现小五动也不动，阿超正着急地伏在小五身边，摇着她，拍打着她的面颊，喊着：

"喂喂！小妹妹，快把水吐出来……"

"她怎样？"云飞焦急地问。

"看样子，喝了不少水……"

"赶快把水给她控出来！"

云飞四面一看，不见雨凤，再看向水中，雨凤正惊险万状地被水冲走。

"天啊！"

云飞大叫，再度一跃入水。

岸上，小三小四连滚带爬地扑向小五，围绕着小五大叫。

"小五，你可别死……"小三大喊。

小四一巴掌打在小三肩上：

"你胡说八道些什么？小五！睁开眼睛看我，我是四哥呀！"

"小五！我是三姊呀！"

阿超为小五压着胃部，小五吐出水来，哇的一声哭了。

"大姊……大姊……"小五哭着喊。

"不得了，大姊还在水里啊……"小四惊喊，往水边就跑。

小三和小五跳了起来，跟着小四跑。

阿超急坏了，跑过去拦住他们，吼着：

"谁都不许再下水！你们的大姊有人在救，一定可以救起来！"

水中，雨凤已经不能呼吸了，在水里胡乱地挣扎着。身子随着水流一直往下游冲去。云飞没命地游过来，伸手一抓，没有抓住，她又被水流带到另一边，前面有块大石头，她的脑袋，就直直地向大石头上撞去，云飞拼了全身的力量，往前飞扑，在千钧一发的当儿，拉住了她的衣角，终于抱住了她。

云飞游向岸边，将雨凤拖上岸，阿超急忙上前帮忙，三个孩子跌跌撞撞，奔的奔，爬的爬，扑向她，纷纷大喊：

"大姊！大姊！大姊……"

雨凤躺在草地上，已经失去知觉。云飞埋着头，拼命给她控水。她吐了不少水出来，可是，仍然不曾醒转。

三个孩子见雨凤昏迷不醒，吓得傻住了，全都瞪着她，连喊都喊不出声音了。

"姑娘，你快醒过来！醒过来！"云飞叫着，抬头看到三个弟妹，喊，"你们都来帮忙，搓她的手，搓她的脚！快！"

弟妹们急忙帮忙，搓手的搓手，搓脚的搓脚，雨凤还是不动，云飞一急，此时此刻，顾不得男女之嫌了，一把推开了三个弟妹。

"对不起，我必须给她做人工呼吸！"

云飞就扑在她身上，捏住她的鼻子，给她施行人工呼吸。

雨凤悠然醒转了，随着醒转，听到的是弟妹在呼天抢地地喊"大姊"，她心里一急，就睁开了眼睛。眼睛才睁开，就陡然接触到云飞的炯炯双瞳，正对自己的面孔压下，感觉到一个湿淋淋的年轻男子，扑在自己身上，这一惊真是非同小可。

"啊……"她大喊一声，用力推开云飞，连滚带爬地向后退，"你……你……你……要做什么？做什么……"

云飞这才吐出一口长气来，慌忙给了她一个安抚的微笑：

"不要惊慌，我是想救你，不是要害你！"他站起身来，关心地看着她，"你现在觉得怎样？有没有呼吸困难？头晕不晕？最好站起来走一走看！"他伸手去搀扶她。

雨凤更加惊吓，急忙躲开：

"你不要过来！不要过来！"她爬了两步，坐在地上，睁大眼睛看着他。

云飞立刻站住了。

"我不过来，我不过来，你不要害怕！"他深深地注视她，看到她惊慌的大眼中，黑白分明，清明如水，知道她已经清醒，放心了。"我看你是没事了！真吓了我一跳！好险！"他对她又一笑，说，"欢迎回到人间！"

雨凤这才完全清醒了，立即一阵着急，转眼找寻弟妹，急切地喊：

"小五！小四！小三！你们……"

三个孩子看到姊姊醒转，惊喜交集。

"大姊……"小五扑进她怀里，把头埋在她肩上，不知是哭还是笑，"大姊，大姊，我以为你死了！"就紧紧地搂着她的脖子，不肯放手。

雨凤惊魂未定，心有余悸，也紧紧地搂着小五：

"哦！谢谢天，你们都没事……不要怕，不要怕，大姊在这儿！"

小五突然想到了什么，抬头紧张地喊：

"我的小兔儿，还有我的小兔儿！"

小四生气地嚷：

"还提你的小兔儿，就是为了那个小兔儿，差点全体都淹死了！"

小五哽咽起来，心痛已极地说：

"可是，小兔儿是娘亲手做的……"

一句话堵了小四的口，小四不说话了，姊弟四个都难过起来。

云飞一语不发，就转身对溪水看去，真巧，那个小兔子正卡在两块岩石之间，并没有被水冲走。云飞想也不想，再度跃进水。

一会儿，云飞湿淋淋地、笑吟吟地拿着那个小兔子，走向雨凤和小五：

"瞧！小兔儿跟大家一样，没缺胳臂没缺腿，只是湿了！"

"哇！小兔儿！"小五欢呼着，就一把抢过小兔子，紧紧地搂在怀中，立刻破涕为笑了。

雨凤拉着小五，站起身来，看看大家，小三的鞋子没有了，小四的衣服撕破了，小五的辫子散开了，大家湿淋淋。至于云飞和阿超，虽然都是笑脸迎人，一副满不在乎的样子，但是头发衣角全在滴水，真是各有各的狼狈。

雨凤突然羞涩起来，摸摸头发，又摸摸衣服，对云飞低语了一句：

"谢谢。"

"是我不好，吓到你们……"云飞慌忙说。

雨凤伸手去拉小四小三小五：

"快向这两位大哥道谢！"

小三、小四、小五就一排站着，非常有礼貌地对云飞和阿超一起鞠躬，齐声说：

"谢谢两位大哥！"

云飞非常惊讶，这乡下地方，怎么有这么好的教养？完全像是书香门第的孩子。心里惊讶，嘴里说着：

"不谢不谢，请问姑娘，你家住在哪儿？要不要我们骑马送你们？"

雨凤还来不及回答，雨鹃出现了。

雨鹃和雨凤只差一岁，看起来几乎一般大。姊妹两个长得并不像，雨凤像娘，文文静静、秀秀气气。雨鹃像爹，虽然也是明眸皓齿，就是多了一股英气。萧鸣远常说，他的五个孩子，是"大女儿娇，二女儿俏，小三最爱笑，小四雄赳赳，小五是个宝"。可见萧鸣远对自己的儿女，是多么自豪了。确实，五个孩子各有可爱之处。但是，雨凤的美和雨鹃的俏，真是萧家的一对明珠！

雨鹃穿过草地，向大家跑了过来，喊着：

"大姊！小三……你们在做什么呀……爹在到处找你们！"她一个站定，惊愕地看着湿淋淋的大家，睁大了眼睛，"天啊！你们发生什么事了？"

雨凤急忙跑过去，跟她摇摇头：

"没事，什么事都没有，拜托拜托，千万别告诉爹，咱们快回去换衣服吧！"一面说，一面拉着她就走。

雨鹃诧异极了，不肯就走，一直对云飞和阿超看。哪儿跑来这样两个年轻人？一个长得恂恂儒雅，一个长得英气勃勃，实在不像是附近的乡下人。怎么两个人和雨凤一样，都是湿答答？她心中好奇，眼光就毫无忌惮地扫向两人。云飞接触到一对好生动、好有神的眸子，不禁一怔，怎么？还有一个？喊"大姊"，一定是这家的"二姊"了！怎么？天地的钟灵毓秀，都在这五个姊弟的身上？

就在云飞闪神的时候，雨凤已经推着雨鹃，拉着弟妹，急急地跑走了。

阿超拾起溪边的洗衣篮，急忙追去：

"哎哎……你们的衣服！"

阿超追到雨凤，送上洗衣篮。雨凤慌张地接过衣服，就低着头往前急走。雨鹃情不自禁，回头又看了好几眼。

转眼间，五个人绕过山脚，就消失了踪影。

云飞走到阿超身边，急切地问：

"你有没有问问她，是哪家的姑娘？住在什么地方？"

阿超被云飞那种急切震动了，抬眼看他，跌脚大叹：

"唉，我怎么那么笨！"想了想，对云飞一笑，机灵地说，"不过，一家有五个兄弟姊妹，大姊会唱歌……这附近，可能只有一家，大少爷，咱们先把湿淋淋的衣服换掉，不要四年不回家，一回家就吓坏了老爷！至于其他的事，好办！交给我阿超，我一定给你办好！"

云飞被阿超这样一说，竟然有些赧然起来，讪讪地说：

"谁要你办什么事！"

阿超悄眼看云飞，心里实在欢喜。八年了，映华死去已经八年，这是第一次，他看到云飞又能动心了，好难啊！他一声呼啸，两匹马就嘚嘚地奔了过来。

终于，到家了！

"展园"依然如故，屋宇连云，庭院深深。亭台楼阁，画栋雕梁，耸立在桐城的南区，占据了几乎半条大林街。

云飞带着阿超一进门，就被老罗他们给包围了。那些家丁们用狂喜的声音，从大门口一直喊进大厅，简直是惊天动地：

"老爷啊！太太啊！大少爷回来了！大少爷和阿超一起回来了！老爷啊……"

展家的"老爷"名叫展祖望。在桐城，是个鼎鼎大名的人物。桐城的经济和繁荣，祖望实在颇有贡献。虽然，他的动机只是赚钱。展家三代经营的是钱庄，到了祖望这一代，他扩而大之，开始做生意。如果没有他，把南方的许多东西运到桐城来卖，说不定桐城还是一个土土的小山城。现在桐城什么都有，南北货、绸缎庄、金饰店、粮食厂……什么都和展家有关。

当老罗高喊着"大少爷回来了"的时候，祖望正在书房里和纪总管核对账簿，一听到这种呼喊，震动得脸色都变了。纪总管同样地震动，两人丢开账簿，就往外面跑。跑出书房，大太太梦娴已经颤巍巍地奔出来了，二太太品慧带着天虹、天尧、云翔……都陆续奔出来。

祖望虽然家业很大，却只有两个儿子。云飞今年二十九岁，是大太太梦娴所生。小儿子二十五岁，是姨太太品慧所生。祖望这一生，最大的遗憾，就是儿女太少。这仅有的两个儿子，就是他的命根。可是，这两个命根，也是他最大的心痛！云飞个性执拗，云翔脾气暴躁，兄弟两个，只要在一起就如同水火。四年前，云飞在一次家庭战争后，居然不告而别，一去四年，杳无音讯。他以为，这一生，可能再也看不到云飞了。现在，惊闻云飞归来，他怎能不激动呢？冲出房间，他直奔大厅。

云飞也直奔大厅。他才走进大厅，就看到父亲迎面而来。在父亲后面，一大群的人跟着，母亲是头一个，脚步踉踉跄跄，发丝已经飘白。一看到老父老母，后面的人，他就看不清了，眼中只有父母了。丫头仆人，也从各个角落奔了出来，挤在大厅门口，不相信地看着他……嘴里喃喃地喊着："大少爷！"

家！这就是"家"了。

祖望走在众人之前，定睛看着云飞。眼里，全是"不相信"。

"云飞？是你！真的是你？"他颤声地问。

云飞热烈地握住祖望的胳臂，用力地摇了摇：

"爹……是我，我回来了！"

祖望上上下下地看他，激动得不能自已：

"你就这样，四年来音讯全无，说回来就回来了？"

"是！一旦决定回来，就分秒必争，等不及写信了！"

祖望重重地点着头，是！这是云飞，他毕竟回来了。他定定地看着他，心里有惊有喜，还有伤痛，百感交集，忽然间就生气了：

"你！你居然知道回来，一走就是四年，你心里还有这个老家没有？还有爹娘没有？我发过几百次誓，如果你敢回家，我……"

祖望的话没有说完，梦娴已经迫不及待地扑了过来，一见到云飞，泪水便冲进眼眶，她急切地抓住云飞的手，打断了祖望的话：

"谢谢老天！我早烧香，晚烧香，总算皇天不负苦心人，让我把你给盼回来了！"说着，就回头看祖望，又悲又急地喊，"你敢再说他一个字，如果再把他骂走了，我和你没完，我等了四年才把他等回来，我再也没有第二个四年好等了！"

云飞仔细地看梦娴，见母亲苍老憔悴，心中有痛，急忙说：

"娘！是我不好，早就该回家了！对不起，让您牵挂了！"

梦娴目不转睛地看着云飞。伸手去摸他的头发，又摸他的面颊，惊喜得不知道要怎样才好：

"你瘦了，黑了，好像也长高了……"

云飞唇边，闪过一个微笑：

"长高？我这个年龄，已经不会再长高了。"

"你……和以前好像不一样了，眼睛都凹下去了，在外面，一定吃了好多苦吧！"梦娴看着这张带着风霜的脸，难掩自己的心痛。

"不不，我没吃苦，只是走过很多地方，多了很多经验……"

品慧在旁边已经忍耐了半天，此时再也忍不住，提高音量开口了：

"哎哟！我以为咱们家的大少爷，是一辈子不会回来了呢！怎么？还是丢不开这个老家啊！想当初走的时候，好像说过什么……"

祖望一回头，喝阻地喊：

"品慧！云飞回来，是个天大的喜事，过去的事，谁都不许再提了！你少说几句！云翔呢？"

云翔已经在后面站了好久，听说云飞回来了，他实在半信半疑，走到大厅，看到了云飞，他才知道，这个自己最不希望的事，居然发生了！最不想见到的人，居然又出现了！他冷眼看着父亲和大娘在那儿惊惊喜喜，自己是满心的惊惊怒怒。现在，听到祖望点名叫自己，只得排众而出，脸上虽然带着笑，声音里却全是敌意和挑衅，他高声地喊着：

"我在这儿排队，没轮到我，我还不敢说话呢！"

他走上前去，一巴掌拍到云飞的肩上："你真是个厉害的角色，我服了你了！这四年，你到哪里享福去了？你走了没有关系，把这样一个家全推给我！上上下下，里里外外，又是钱庄，又是店铺……你知道展家这几年多辛苦吗？你知道我快要累垮了吗？可是，哈哈，展家可没有因为你大少爷不在，有任何差错！你走的时候，是家大业大；你回来的时候，是家更大，业更大！你可以回来捡现成了！哈哈哈哈！"

云飞看着咋呼着的云翔，苦笑了一下，话中有刺地顶了回去：

"我看展家是一切如故，家大业大，气焰更大！至于你……"他瞪着云翔看了一会儿，"倒有些变了！"

"哦？我什么地方变了？"云翔挑着眉毛。

"我走的时候，你是个'狂妄'的二少爷，我回来的时候，你已经变成一个'嚣张'的二少爷了！"

云翔脸色一沉，一股火气往脑门里冲，他伸手揪住云飞胸前的衣襟：

"你不要以为过了四年，我就不敢跟你动手……"

"住手！你们兄弟两个，就不能有一点点兄弟的样子吗？谁敢动手，今天别叫我爹！云翔，你给我收敛一点！听到了吗？"祖望大喝。

云翔用力地把云飞一放，嘴里重重地哼了一声。

品慧就尖声地叫了起来：

"哎哟！老爷子，你可不要有了老大，就欺负老二！虽然云翔是我这个姨太太生的，可没有丢你老爷子的脸！人家守着你的事业，帮你做牛做马，从来没有偷过半天懒，没有一个闹脾气就走人……"

家？这就是家！别来无恙的家！依然如故的家！一样的慧姨娘，一样的云翔！云飞废然一叹：

"算了，算了，考虑过几千几万次要不要回来，看样子，回来，还是错了！"带着愠怒，他转身就想走。

梦娴立刻冲到门边去，拦门而立，凄厉地抬头看他，喊：

"云飞，你想再走，你得踩着我的尸体走出去！"

"娘！你怎么说这种话！"云飞吃了一惊，凝视母亲，在母亲眼底，看出了这四年的寂寞与煎熬。一股怆恻的情绪立即抓住了他。他早就知道，一旦回来，就不能不妥协在母亲的哀愁里："放心，我既然回来了，就不会再轻易地离开了！"

梦娴这才如释重负，透出了一口长气。

在大厅一角，天虹静悄悄地站在那儿，像一个幽灵。天虹，是纪总管的女儿，比云飞小六岁，比云翔小两岁。她和哥哥天尧，都等于是展家养大的。天虹自幼丧母，梦娴待她像待亲生女儿一样。她曾经是云飞的"小影子"，而现在，她只能远远地看着他。自从跟着大家冲进大厅，一眼看到他，依旧翩然儒雅，依旧玉树临风，她整个人就痴了。她怔怔地凝视着他，在满屋子的人声喊声中，一语不发。这时，听到云飞一句"不会再轻易离开了"，她才轻轻地吐出一口气。

云翔没有忽略她的这口气，眼光骤然凌厉地扫向她。突然间，云翔冲了过去，一把握住她的手腕，把她用力地拉到云飞面前来：

"差点忘了给你介绍一个人！云飞，这是纪天虹，相信你没有忘记她！不过，她也变了！你走的时候，她是纪天虹小姐，现在，她是展云翔夫人了！"

云飞走进家门以后，给他最大的震撼，就是这句话了。他大大地震动了，深深地凝视天虹，眼神里充满了震惊、疑问和无法置信。没想到，这个小影子，竟然嫁给了云翔！怎么会？怎么可能？

天虹被动地仰着头，看着云飞，眼里盛着祈谅，盛着哀伤，盛着千言万语，却一句话也说不出口。

纪总管有些紧张，带着天尧，急忙插了进来：

"云飞，欢迎回家！"

云飞看看纪总管，看看天尧：

"纪叔，天尧！你们好！"

祖望也觉得气氛有点紧张，用力地拍了拍手，转头对女仆们喊：

"大家快来见过大少爷，不要都挤在那儿探头探脑！"

于是，齐妈带着锦绣、小莲和女仆们一拥而上。齐妈喊着：

"大少爷，欢迎回家！"

仆人、家丁，也都喊着：

"大少爷！欢迎回家！"

云飞走向齐妈，握住她的手：

"齐妈，你还在这儿！"

齐妈眼中含泪：

"大少爷不回来，老齐妈是不会离开的！"

阿超到了这个时候，才有机会来向祖望和梦娴行礼：

"老爷、太太！"

"阿超，你一直都跟着大少爷？"梦娴问。

"是！四年以来，从来没有离开过！"

祖望好感动，欣慰地拍着阿超的肩：

"好！阿超，好！"

云翔看到大家围绕着云飞，连阿超都被另眼相看，心中有气，夸张地笑起来：

"哈哈！早知道出走四年，再回家可以受到英雄式的欢迎，我也应该学习学习，出走一下才对！"

祖望生怕兄弟二人再起争执，急忙打岔，大声地说：

"纪总管，今天晚上，我要大宴宾客，你马上通知所有的亲朋好友，一个都不要漏！店铺里的掌柜，所有的员工，统统给我请来！"

"是！"纪总管连忙应着。

"爹……"云飞惊讶，想阻止。

祖望知道他的抗拒，挥挥手说：

"不要再说了，让我们父子，好好地醉一场吧！"

云翔更不是滋味，咬了咬嘴唇，挑了挑眉毛，叫着说：

"哇！家里要开流水席了，不知道是不是还要找戏班子来唱戏，简直比我结婚还隆重！"他再对云飞肩上重重一拍："对不起，今晚，我就不奉陪了！我和天尧，还有比迎接你这位大少爷，更重要几百倍的正事要办！"

云翔说完，掉头就走，走到门口，发现仍然痴立着的天虹，心里更气，就伸手一把握住她的手腕，咬牙说：

"你跟我一起走吧，别在这儿杵着，当心站久了变成化石！"

云翔拉着天虹，就扬长而去了。

云飞看着云翔和天虹的背影，心里在深深叹息。家，这就是家了。

见面后的激动过去了，云飞才和梦娴齐妈，来到自己以前的卧室，他惊异地四看，房间纤尘不染，书架上的书、桌上的茶杯、自己的笔墨，床上的棉被枕头，全都收拾得整整齐齐，好像自己从来没有离开过一样。他抬头看梦娴，心里沉甸甸地压着感动和心痛。齐妈含泪解释：

"太太每天都进来收拾好几遍！晚上常常坐在这儿，一坐就是好几小时！"

云飞什么话都说不出来。梦娴就欢喜地看齐妈：

"齐妈！你等会儿告诉厨房，大少爷爱吃的新鲜菱角、莲子、百合……还有那个狮子头、木樨肉、珍珠丸子……都给他准备起来！"

"还等您这会儿来说吗？我刚刚就去厨房说过了！不过，今晚老爷要开酒席，这些家常菜，就只能等到明天吃了！"

梦娴看云飞：

"你现在饿不饿？要不然，现在当点心吃，我去厨房看看！"

"娘！你不要忙好不好？我……"云飞不安地喊。

"我不忙不忙，我最大的享受，就是看着你高高兴兴地吃东西！你就满足了我这一点儿享受吧！"梦娴说着，就急急地跑出房去了，云飞拦都拦不住。

梦娴一走，云飞就着急地看着齐妈，忍不住脱口追问：

"齐妈，你告诉我，天虹怎么会嫁给云翔了？怎么可能呢？"

"那就说来话长了。总之，是给二少爷骗到手了。"齐妈叹了一口气。

"听你的口气，她过得不好？"云飞有些着急。

"跟二少爷在一起，谁能过得好？"

"那……纪总管跟天尧呢？他们会眼睁睁看着天虹受委屈吗？"

"纪总管攀到了这门亲，已经高兴都来不及了，他跟了你爹一辈子，还不是什么都听你爹的，至于天尧……他和二少爷是死党，什么坏事，都有他一份！他是不会帮天虹的！就是想帮，大概也没有力量帮，只能眼睁眼闭罢了。"齐妈抬眼看他，关心地问，"你……不是为了天虹小姐回来的吧？"

云飞一愣：

"当然不是！我猜到她一定结婚了，就没想到她会嫁给云翔！"

"这是债！天虹小姐大概前生欠了二少爷，这辈子来还债的！"齐妈突然小声地说，"你这一路回来，有没有听到大家提起……'夜枭队'这个词？"

"夜枭队？那是什么东西？"他愕然地问。

齐妈一咬牙：

"那……不是东西！反正，你回来了，什么都可以亲眼看到了！"她突然激动起来，"大少爷呀……这个家，你得回来撑呀！要不然，将来大家都会上刀山，下油锅的！"

"这话怎么说？"

"我有一句话一定要问你！"

"什么话?"

"你这次回来,是长住呢?还是短住呢?"

他皱了皱眉头,想了想,坦白地说:

"看娘那样高兴,我都不知道怎样开口,刚刚在大厅,只好说不会离开……事实上,我只是回家看看,预备停留两三个月的样子!我在广州,已经有一份自己的事业了!"

"你娶亲了吗?"

"这倒没有。"

齐妈左右看看,飞快地对他说:

"我告诉你一个秘密,你可别让太太知道我说了,你娘……她没多久好活了!"

"你说什么?"云飞大惊。

"你娘,她有病,从你走了之后,她的日子很不好过,身体就一天比一天差,看中医,吃了好多药都没用,后来去天主教外国人办的圣心医院检查,外国大夫说,她腰子里长了一个东西,大概只有一两年的寿命了!"

云飞睁大眼睛:

"你说真的?没有骗我?"

"大少爷,我几时骗过你!"

云飞大受打击,脸色灰白,一屁股跌坐在椅子上,一句话也说不出来了。他这才知道,午夜梦回,为什么总是看到母亲的脸。家,对他而言,就是母亲的期盼,母亲的哀愁。他抬眼看着窗外,一股怆恻之情,就源源涌来,把他牢牢地包围住了。

2

　　"寄傲山庄"这个名字，是鸣远自己题的，那块匾，也是自己写的。这座山庄，依山面水，环境好得不得了。当初淑涵一走到这儿，就舍不得离开了。建造这个山庄，他花了不少心血，尽量让它在实用以外，还能兼顾典雅。二十年来，也陆续加盖了一些房间，给逐渐报到的孩子住。这儿，是淑涵和他的"天堂"，是萧家全家的"堡垒"，代表着"温馨、安详、满足"和"爱"。

　　可是，鸣远现在心事重重，只怕这个"天堂"，会在转瞬间失去。

　　晚上，鸣远提着一盏风灯出门去。雨凤拿着一件外套，追了出来：

　　"爹，这么晚了，你要去哪里？"

　　"我出去散散步，马上就回来，你照顾着弟弟妹妹！"

　　"那……你加一件衣服，看样子会变天，别着凉！"雨凤帮鸣远披上衣服。

鸣远披好衣服，转身要走。

"爹！"雨凤喊。

"什么事？"

"你……你不要在外面待太久，现在早晚天气都很凉，山口那儿，风又特别大，我知道你有好多话要跟娘说，可是，自己的身子还是要保重啊！"

鸣远一震，看雨凤：

"你……你怎么知道我要去你娘那儿？"

"你的心事，我都知道。你每晚去那儿，我也知道。"雨凤解人地、温柔地说，"你不要太担心，我想，展家那笔借款，一定会有办法解决的，你不是常说，人间永远有希望，天无绝人之路吗？"

鸣远苦笑：

"以前，我对人生的看法比现在乐观多了。自从你娘去世之后，我已经无法那样乐观了……"说着，不禁怜惜地看雨凤："你实在是个体贴懂事的好孩子，这些年来，爹耽误你了。应该给你找个好婆家的，我的许多心事里，你和雨鹃的终身大事，也一直是我的牵挂啊！不知道你自己，有没有见到什么合意的人呢？如果见到了，别害羞，要跟爹说啊，你知道你爹很多事都处理不好……"

雨凤脸一红，嘴一噘，眼一热：

"你今天是怎么了？说这些干吗？"

鸣远笑笑，挥了挥手：

"好好，我不说不说了！"他转身去了。

鸣远出门去了，雨凤就带着弟妹，挤在一张通铺上面"说故事"。

"故事"是已经说了几百遍，可是小五永远听不倦的那个。

雨凤背靠着墙坐着，小五怀抱小兔子，躺在她的膝上。雨鹃坐在另一端，手里拿着一本书在看。小四仰卧着，伸长了手和腿，小三努力要把他压在自己身上的手脚搬开。雨凤看着弟妹们，心里漾着温柔。她静静地、熟练地述说着：

"从前，在热闹的北京城，有一个王府里，有个很会唱歌的格格。格格的爹娘，请了一个很会写歌的乐师，到王府里来教格格唱歌。格格一见到这位乐师，就知道她遇见了这一生最重要的人。他们在一起唱歌，一起写歌。那乐师写了好多歌给格格……"

小五仰望着雨凤，接口：

"像是《问云儿》《问燕儿》。"

"对！像是《问云儿》《问燕儿》。于是，格格和那个年轻人，就彼此相爱了，觉得再也不能分开了，他们好想成为夫妻。可是，格格是许过人家的，不可以和乐师在一起，格格的爹不允许发生这种事……"

"可是，他们那么相爱，就像诗里的句子：'生死相许'。"这次，接口的是小三。

"是的。他们已经生死相许了，怎么可能再分开呢？他们这份感情，终于感动了格格的娘，她拿出她的积蓄，交给格格和乐师，要他们拿去成家立业，条件是，永远不许再回到北京……"

小四翻了个身，睁大眼睛，原来他并没有睡着，也接口了：

"所以，他们就到了桐城，发现有个地方，山明水秀，像个天堂，他们就买了一块地，建造了一个寄傲山庄，过着神仙一样的生活。"

雨凤点头，想起神仙也有离散的时候，就怆恻起来。有些难过地，轻声说：

"是的，神仙一样的生活……然后，生了五个孩子……"

"那就是我们五个！"小五欢声地喊。

"是，那就是我们五个。爹和娘说，我们是五只快乐的小鸟儿，所以，我们的名字里，都有一个'鸟'字……"

雨鹃忽然把书往身边一丢，一唬地站起身来。

"你听到了吗？"

雨凤吓了一跳，吃惊地问：

"听到什么？"

雨鹃奔到窗前，对外观望。

窗外，远远地，有无数火把，正迅速地向这儿移近。隐隐约约，还伴着马蹄杂沓，隆隆而至。

雨鹃变色，大叫：

"马队！有一队马队，正向我们这儿过来！"

五个姊弟全体扑到窗前去看。

这个时候，鸣远正提着风灯，站在亡妻的墓前，对着墓地说话：

"淑涵，实在是对不起你，你走了两年，我把一个家弄得乱七八糟，现在已经债台高筑，不知道要怎么善后才好。五个孩子，一个赛一个地乖巧可爱……只是，雨凤和雨鹃，都已经到了结婚的年龄，却被这个家拖累了，至今没有许配人家，小四十岁了，是唯一的男孩，当初我答应过你，一定好好地栽培他，桐城就那么两所小学，离家二十里，实在没办法去啊，所以我就在家里教他……"鸣远停止自言自语，忽然听到了什么，抬起头来，但见山下的原野上，火把点点，马队正在飞驰。

鸣远一阵惊愕：

"马队？这半夜三更，怎有马队？"他再定睛细看，手里的风灯砰然落地："天啊！他们是去寄傲山庄！天啊……是'夜枭队'！"

鸣远拔脚便向寄傲山庄狂奔而去，一面狂奔，一面没命地喊着：

"孩子们不要怕，爹来了……爹来了……"

如果不是因为云飞突然回家，云翔那晚不会去大闹寄傲山庄的。虽然寄傲山庄迟早要出问题，但是，说不定可以逃过一劫。

云飞回来，祖望居然大宴宾客，云翔的一肚子气，简直没有地方可以发泄。再加上天虹那种"魂都没了"的样子，把云翔惬得快要吐血。云飞这个"敌人"，怎么永远不会消失？怎么阴魂不散？云翔带着马队出发的时候，偏偏天尧又不识相，还要劝阻他，一直对他说：

"云翔，你就忍一忍，今晚不要出去了！寄傲山庄迟早是咱们的，改一天再去不行吗？"

"为什么今晚我不能出去？我又不是出去饮酒作乐，我是去办正事耶！"

"我的意思是说，你爹在大宴宾客，我们是不是好歹应该去敷衍一下？"

"敷衍什么？敷衍个鬼！我以为，云飞早就死在外面了，没想到他还会回来，而老头子居然为他回来大张旗鼓地请客！气死我了，今晚，谁招惹到我谁倒霉！你这样想参加云飞的接风宴，是不是你也后悔，没当成云飞的小舅子，当成了我的？"

"你这是什么话？"天尧脸都绿了，"好吧！咱们走！"

于是，云翔带着马队，和他那些随从打着火把，浩浩荡荡地奔向寄傲山庄。

马队迅速地到了山庄前面，马蹄杂沓，吼声震天，火把闪闪，马儿狂嘶。一行人直冲到寄傲山庄的院子外。

"大家冲进去，不要跟他们客气！"云翔喊。

马匹就从四面八方冲进篱笆院，篱笆哗啦啦地响着，纷纷倒下。

雨凤、雨鹃带着弟妹，在窗内看得目瞪口呆，小五吓得簌簌发抖。

雨鹃往外就冲，一面回头对雨凤喊：

"你看着几个小的，不要让他们出来，我去看看是哪里来的土匪！"

"你不要出去，会送命的呀！我们把房门闩起来吧！"雨凤急喊。

云翔已经冲进院子，骑在马背上大喊：

"萧鸣远！你给我出来！"

随从们就扬着火把，吼声震天地跟着喊：

"萧鸣远！出来！出来！快滚出来！萧鸣远……萧鸣远……萧鸣远……"

雨凤和雨鹃相对一怔，雨鹃立即对外就冲，嘴里嚷着：

"是冲着爹来的，我不去，谁去！"

"我不能让你一个人去，小三，你守着他们……"雨凤大急，追着雨鹃，也往外冲去。

"我跟你们一起去！"小四大叫。

"我也去！"小三跟着跑。

"还有我！还有我……"小五尖叫。

于是，三个小孩紧追着雨鹃雨凤，全都奔了出去。

院子里面，火把映得整个院子红光闪闪，云翔那一行人像凶神恶煞般在院子里咆哮，马匹奔跑践踏，到处黑影幢幢，把羊栏里的羊和牛群惊得狂鸣不已。云翔勒着马大叫：

"萧鸣远，你躲到哪儿去了！再不出来，我们就不客气了！"

"萧鸣远，杀人偿命，欠债还钱，你的时辰到了！跑也跑不了，躲也躲不掉，干脆一点，出来解决，别做缩头乌龟！"天尧也跟着喊。

叫骂喧闹中，雨鹃从门内冲了出来，勇敢地昂着头，火光照射在她脸上，自有一股不凡的美丽和气势：

"你们是些什么人？半夜三更在这儿狼嚎鬼叫！我爹出门去了，不在家！你们有事，白天再来！"

云翔瞪着雨鹃，仰头哈哈大笑了：

"天尧，你听到了吗？叫我们白天再来呢！"

"哈哈！姓萧的居然不在家，大概出门看戏去了，云翔，你看我们是在这儿等呢，还是乖乖地听话，明天再来呢！"天尧嚷着。

雨鹃还没说话，雨凤奔上前来，用清脆的声音，语气铿然地问：

"请问你们是不是展家的人？哪一位是展二爷？"

云翔一怔，火把照射之下，只见雨凤美丽绝伦，立刻起了轻薄之心。他跳下马来，马鞭一扬，不轻不重地绕住了雨凤的脖子，钩起了雨凤的下巴，往上一拉，雨凤就不得不整个面庞都仰向了他。

"哦？你也知道我是展二爷，那么，就让你看一个够！对，不错，我是展二爷，你要怎样？"他的眼光，上上下下地看着她。

雨凤被马鞭一缠，大惊，挣扎地喊：

"放开我！有话好好说！大家都是文明人！你这是要干什么？咳咳……咳咳……"马鞭在收紧，雨凤快要窒息了。

雨鹃一看，气得浑身发抖，想也没想，伸手就抢那条马鞭，云翔猝不及防，马鞭竟然脱手飞去。

云翔又惊又怒，立即一反手，抓回马鞭，顺手一鞭抽在雨鹃身上：

"反了！居然敢抢你二爷的马鞭！你以为你是个姑娘，我就会对你怜香惜玉吗？"

雨鹃挨了一鞭，脸上立刻显出一道血痕。她气极地一仰头，双眸似乎要喷出火来，在火把照射下，两眼闪闪发光地死瞪着云翔，怒喊：

"姓展的！你不要因为家里财大势大，就在这儿作威作福！我们家不过是欠了你几个臭钱，没有欠你们命！不像你们展家，浑身血债，满手血腥……总有一天，会被天打雷劈……"

云翔大笑：

"哈哈哈哈！带种！这样的妞儿我喜欢！"马鞭一钩，这次钩的是雨鹃的脖子，把她的脸庞往上拉。"天尧！火把拿过来，给我照照，让我看个清楚……"

十几支火把全伸过来，照着雨鹃那张怒不可遏的脸庞。云翔看到一张健康的、年轻的、帅气的脸庞，那对燃烧着怒火的大眼睛，明亮夺人，几乎让人不能逼视。云翔惊奇极了，怎么不知道萧老头有两个这么美丽的女儿？

雨凤急坏了，也快气疯了：

"你们怎么可以这样？难道桐城已经没有法律了吗？你们放手，快放手……"就伸手去拉扯马鞭。

这时，小四像点燃的火箭般直冲而来，一头撞在云翔的肚子上，尖声怒骂着：

"你们这些强盗、土匪！你们敢打我姊姊，我跟你们拼命!"说完，又抓住云翔的胳臂，一口死命地咬下去。

"混蛋!"云翔大怒，他抓住小四，用力摔在地上，"来人呀!给我打!狠狠地打!"

随从奔来，无数马鞭抽向小四。小三就尖叫着冲上前来：

"不可以!"她合身扑在小四身上，要保护小四。

"怎么还有一个!管他的!一起打!"云翔惊愕极了。

马鞭雨点般抽向小三小四，两个孩子痛得满地打滚。小五吓得哇的一声，放声大哭了。

雨凤和雨鹃，看到小三小四挨打，就没命地扑过来，拼命去挡那些马鞭，可怜怎么挡得住，因而两人浑身上下，手上脸上，都挨了鞭子。

雨鹃就凄厉地，愤怒地大喊：

"你们一个个雄赳赳的大男人，骑着大马，跑到老百姓家里来鞭打几个手无寸铁的孩子!你们算是英雄好汉吗?做这样伤天害理的事，不怕老天有眼吗?不怕绝子绝孙吗?"

"好厉害的一张嘴!天尧!"云翔抬头吩咐，"我看这萧老头是不准备露面了，故意派些孩子出来搅和，以为就可以过关!他也太小看我展某人了!"就扬声对大家喊："大伙儿给我进去搜人!"

一声令下，众人响应，顿时间，一阵稀里哗啦，乒乒乓乓，房门飞开，鸡栏羊圈散开，鸡飞狗跳。大家进屋的进屋，去牛棚的去牛棚，两只乳牛，被火把惊得飞奔而出，羊群四散，一时间，乱成一团。

"找不到萧老头!"随从报告。

"看看是不是躲在柴房里，去用烟熏他出来！"云翔大声说。

一个随从奔向柴房，一支火炬摔在柴房顶上，刹那间，柴房就陷入火海之中。

这时，鸣远连滚带爬地从外面飞奔回来，见到如此景象，魂飞魄散，哀声大喊：

"展二爷，手下留情啊！"

"萧老头来了！萧老头来了！"大家七嘴八舌地喊。

小四、小三浑身是伤地从地上爬起，哭喊着"爹！"奔向鸣远。

鸣远喘息地看着五个孩子，见个个带伤，小五躲在雨凤怀中，吓得面无人色，再看燃烧的柴房，狂奔的鸡牛，不禁痛不欲生，对云翔愤怒地狂喊：

"你怎么可以这样？我欠了你的钱，我在努力地筹，努力地工作，要还给你呀！你怎么可以到我家里来杀人放火？他们五个，和你无仇无恨，没有招你惹你，你怎么下得了手？你简直不是人，你是一个魔鬼！"

"我对你们这一家子，已经完全失去耐心了！"云翔用马鞭的柄指着鸣远的鼻子，斩钉截铁地说，"让我清清楚楚地告诉你，这儿早已不是你的家，不是什么狗屁寄傲山庄了！他是我的！去年你就把它卖给我了！我现在是来收回被你霸占的房产地产，老子自己的房子，爱拆就拆，爱烧就烧，你们几个，从现在开始，就给我滚出去！"

"我什么时候把房子卖给你了？我不过是借了你的钱而

已!"鸣远又惊又怒。

"天尧!把他自己写的字据拿给他看!我就知道这些没品的东西,管他念过书还是没念过书,赖起账来全是一个样子!"

天尧下马,走上前去,从怀里掏出一张字据,远远地扬起:

"你看!你看!上面写得清清楚楚,如果去年八月十五不还钱,整个寄傲山庄的房舍、田地、牲口全归展云翔所有!去年八月就到期了,我们已经对你一延再延,你还有什么话可说?"

"那是逼不得已才写上去的呀……"鸣远悲愤地喊。

雨鹃站在天尧身边,看着那张字据,突然不顾一切地纵身一跃,居然抢到了字据。刺啦一声,字据撕破了,天尧急忙去抢回,雨鹃慌忙把字据塞进嘴巴里,嚼也不嚼,就生吞活咽地吃下肚去了。天尧惊喊:

"嗬!居然有这一招!"

云翔一伸手,掐住雨鹃的面颊,让她面对自己:

"哈哈!带种!这个妞儿我喜欢!"就掉头对鸣远说:"萧老头,我们办个交涉,你把这个女儿给我做小老婆,我再宽限你一年如何?"

鸣远一口口水,对着云翔脸上啐去,大喊:

"放开你的脏手,你敢碰我的女儿,我跟你拼了!"他扑上前去抓云翔。

"你这死老头,敬酒不吃吃罚酒,来人呀!给我打!重重地打！”

随从们应着，一拥而上，拳头、马鞭齐下，立即把鸣远打倒在地。云翔不甘心，走过去又对他死命地踹，边踹边骂：

“我早就说过，今天晚上，谁招惹我谁就倒霉！你不怕死，你就试试看！”

五个孩子，看得心惊胆战，狂叫着爹。雨鹃抬头看着云翔，咬牙切齿地大喊：

“姓展的！你已经没有字据了，这儿是我们的寄傲山庄，请你带着你的狐群狗党滚出去！”

云翔仰天大笑，从怀里再掏出一张字据来，扬了扬又揣回怀里：

“你看看这是什么？你爹这种字据，我有十几张，你毁了一张，我还有的是呢！何况，这寄傲山庄的房契、地契，老早就被你爹押给我了……”

这时，火已经从柴房延烧到正房，火势越来越大，火光冲天。

“爹！我们的房子全着火了！爹！”小三惊呼着。

雨凤惨叫：

“娘的月琴，爹的胡琴，全在里面呀……”她推开小五，就往火场奔去。

雨鹃一看，火势好猛，整个山庄都陷在火海里了，就一把抱住雨凤：

“你疯了吗？这个时候还往里面跑！”

马群被火光刺激，仰首狂嘶，牛栏被牛冲开了，两头受惊的乳牛在人群中奔窜，随从们拉马的拉马，赶牛的赶牛，一片混乱。雨凤、雨鹃、小三、小四都赶去扶起鸣远，鸣远挣扎着站起身来，忽然发现身边没有小五。

"小五！小五在哪里？"鸣远大喊。

只听到火焰深处，传来小五的呼唤：

"小兔儿！我来救你了！"

鸣远吓得魂飞魄散：

"天啊！她跑进去了……"他想也不想，就对着火场直冲进去。

雨凤、雨鹃、小四、小三一起放声狂叫：

"爹……小五……爹……"

鸣远早已没命地钻进火场，消失无踪。

雨凤和雨鹃就要跟着冲进去，天尧带着随从迅速地拦住。

"不要再进去！"天尧喊，"没看到房子就要塌了吗？"

雨凤、雨鹃、小三、小四瞪着那熊熊大火，个个惊吓得面无人色。不会哭，也不会叫了，只是瞪着那火焰，似乎要用眼光和灵魂，来救出鸣远和小五。

如此一个转变，使所有的人都镇住了，连云翔和天尧也都被震慑了，大家都安静下来，不约而同地对火场看去。

火焰越烧越旺，一阵稀里哗啦，屋顶崩塌了，火苗蹿升到空中，无数飞蹿的火星，像焰火般散开。火光照射下，是雨凤、雨鹃、小三、小四四张惊吓过度、悲痛欲绝的脸孔。

云翔没有想到会这样，他再狠，也不至于要置人于死地。天尧默然无语，随从们都鸦雀无声。个个瞪着那无情的大火。

忽然，从那火焰中，鸣远全身着火地抱着小五，狂奔而出。

大家惊动，一个随从大喊：

"哥儿们！大家救人呀！"

随从们就奔上前去，纷纷脱下上衣，对鸣远挥打着。

鸣远倒在地上翻滚，小五从他手中跌落，滚向另一边。雨凤、雨鹃、小三、小四哭奔过去，叫爹的叫爹，叫小五的叫小五。小五滚进雨凤的怀里，身上的火焰已经被扑灭，头发衣服都在冒烟，脸上全是黑的，也不知道有多少烧伤，看起来好生凄惨。她嘴里，还在呻吟着：

"小兔儿，小兔儿……"

雨凤的泪水顿时滚滚而下，紧按着小五，哽咽不成声地喊：

"谢谢老天，你能说话，你还活着！"

鸣远却没有小五那么运气，他全身是伤，头发都烧焦了。当身上的火扑灭以后，他已奄奄一息。睁开眼睛，他四面找寻，哑声地低喊：

"雨凤……雨鹃……小三……小四……小五……"

五个孩子簇拥在鸣远身边，拼命掉着眼泪，不知道要怎样才能挽救父亲。雨鹃抬头对众人凄厉地喊：

"赶快做个担架啊，赶快送他去看大夫啊……"

鸣远继续呻吟着：

"雨凤……"

雨凤泣不成声地搂着小五，跪坐在鸣远身边：

"爹，我在这儿，爹……"

鸣远努力睁大眼睛，看着雨凤：

"照顾他们！"

雨凤泪落如雨：

"爹！我会的，我会的……"

雨鹃边哭边说：

"爹，你撑着点儿，我们马上送你去看大夫……"

鸣远的眼光，十分不舍地扫过五个子女，声音嘶哑而苍凉：

"我以为这儿是个天堂，是你们可以生长的地方，谁知道，天堂已经失火了……孩子们，爹对不起你们……以后，靠你们自己了。"

鸣远说完，身子一阵抽搐，头就颓然而倒，带着无数的牵挂，与世长辞了。

雨凤和小三、小四，惨烈地狂喊出声：

"爹……"

雨鹃跳起身子，对众人疯狂般地尖叫：

"快送他去看大夫呀……快呀……快呀……"

天尧俯下身子，摸了摸鸣远的鼻息和颈项，抬起头来看着五个兄弟姊妹，黯然地说：

"你们的爹，已经去世了。"

这一声宣告，打破了最后的希望。雨凤、雨鹃、小三、小四就茫然失措地，痛不欲生地发出人间最凄厉的哀号：

"爹……"

四人的声音，那样惨烈，那样高亢……似乎喊到了天地的尽头。

大家都震慑住了，没人说话。只有熊熊的火，发出不断的爆裂声。

片刻，云翔回过神来，振作了一下。他的眼神阴暗，面无表情，走上前来，掏出一个钱袋，丢在五人身边，说：

"我只想收回我的房产，并不希望闹出人命，你爹是自己跑到火场里去烧死的，这可完全是个意外！这些钱拿去给你爹办个丧事，给你们小妹请个大夫，自己找个地方去住……至于这寄傲山庄呢，反正已经是一片焦土了，我还是要收回，不会因为你爹的去世，有任何改变。话说完了，大家走！"

云翔一挥手，那些随从就跃上了马背。五个孩子跪在鸣远身边，都傻在那儿，一个个如同化石，不敢相信鸣远已死的事实。

骤然间，雨鹃拾起那个钱袋，奔向云翔，将那钱袋用力扔到云翔脸上去。她抬起满是泪痕的脸孔，眼里的怒火，和寄傲山庄的余火相辉映。她嘶吼着：

"收回你的臭钱，这每块钱上，都沾着你杀人的血迹，我可以饿死，我可以穷死，不会要你这个血腥钱，带着你的钱和满身血债，你滚！你滚……"逼近一步，她用力狂喊，"你滚……"

云翔老羞成怒，把钱袋一把抓住，怒声地说：

"和你那个死老头一样，又臭又硬，不要就不要，谁在乎？我们走！"

一阵马嘶，马蹄杂沓，大队人马，就绝尘而去了。

雨凤、小三、小四、小五仍然围着鸣远的尸体，动也不动。……

寄傲山庄继续崩塌，屋子已经烧焦，火势渐渐弱了。若干地方，仍然冒着火舌，余火不断，烟雾满天。

雨鹃站在火焰的前面，突然仰首向天，对天空用力地伸出双手，发出凄厉的大喊：

"天上的神仙，你们都给我听着，我萧雨鹃对天发誓！我要报仇！我要报仇……我要报仇……"

雨鹃的喊声穿透云层，直入云霄。

寄傲山庄的火星依旧飞窜，和满天星斗共灿烂，一起做了雨鹃血誓的见证。

3

　　晓雾迷蒙，晨光初露，展家的楼台亭阁，绮窗朱户，都掩映在雾色苍茫里。

　　大地还是静悄悄的，沉睡未醒。

　　展家的回廊深院，也是静悄悄的。

　　忽然，天虹从回廊深处，转了出来，像一只猫一样，脚步轻柔无声，神态机警而紧张，她不时回头张望，脚下却毫不停歇，快步向前走着。她经过一棵树下，一只鸟突然飞起，引起群鸟惊飞。她吃了一惊，立即站住了，四面看看，见整个庭院，仍是一片沉寂，她才按捺下急促跳动的心，继续向前走去。

　　她来到云飞的窗前，停住了，深吸了一口气，镇定了一下自己，伸手轻叩窗棂。

　　云飞正躺在床上，头枕在手上，睁大眼睛看着天花板。这是一个漫长的夜，太多的事压在他的心头，母亲的病，天虹的嫁，父亲的喜出望外，云翔的跋扈嚣张……他几乎彻夜无眠。

听到窗子上的响声，他立刻翻身下床。

"谁?"他问。

"是我，天虹。"天虹轻声回答。

云飞急忙走到窗前，打开窗子。立刻，他接触到天虹那对炙热的眼光：

"我马上要去厨房，帮忙张嫂弄早餐，我利用这个时间，来跟你讲两句话，讲完，我就走!"

云飞震动着，深深看她：

"哦?"

天虹盯着他，心里激荡着千言万语。可是，没有办法慢慢谈，她的时间不多。她很快地开了口，长话短说，把整夜未眠，整理出来的话，一股脑儿倾倒而出：

"这些年来，我最不能忘记的，就是你走的前一天晚上，你谁都没告诉，就只有告诉我，你要走了! 记得那天晚上，我曾经说过，我会等你一辈子……"

他不安地打断她：

"不要再提那些了，当时我就告诉过你，不要等我，绝对不要等我……"他咽口气，摇摇头，"我不会怪你的!"

她心里掠过一抹痛楚，极力压抑着自己激动的情绪。

"我知道你不会怪我，虽然，我好希望……你有一点怪我……我没办法跟你长谈，以后，我们虽然住在一个围墙里，一个屋檐下，但是，我们能够说话的机会，恐怕等于零。所以，我必须告诉你，我嫁给云翔，有两个理由……"

"你不需要跟我解释……"

"需要！"她固执地说，回头张望，"我这样冒险前来，你最起码听一听吧！"

"是。"云飞屈服了。

"第一个理由，是我真的被他感动了，这些年来，他在我身上，下了不知道多少功夫，使我终于相信，他如果没有我简直活不下去！所以，我嫁给他的时候很真诚，想为他而忘掉你！"

他点头不语。

"第二个理由，是……我的年龄已经不小，除了嫁入展家，我不知道还有什么理由，可以让我名正言顺地在展家继续住下去，永远住下去？所以……我嫁了！"

云飞心中一震，知道她说的，句句是实话，心里就涌起一股巨大的歉疚。她咬咬嘴唇，抽了口气，继续说：

"我知道，我们现在的地位，实在不方便单独见面。别说云翔是这样忌讳着你，就算他不忌讳，我也不能出一丁点儿的错！更不能让你出一丁点儿的错！所以，言尽于此。我必须走了！以后，我想，我也不会再来打搅你了！"她抬眼再看他，又加了一句，"还有一句话放在心里一天一夜，居然没机会对你说：'欢迎回家'！真的……"她的眼眶红了，诚挚地，发自内心地再重复一次，"欢迎回家！"说完，她匆匆地转身，"我去了！"

"天虹！"他忍不住低喊了一声。

她回过头来。

他想说什么，又打住了，只说：

"你……自己保重啊！"

她点点头，眼圈一红，快步地跑走了。

他目送她那瘦弱的身子，消失在花木扶疏的园林深处，他才关上窗子。转过身来，他情不自禁地往窗子上重重一靠，心里沉甸甸地压着悲哀。唉！家，这就是属于"家"的无奈，才回家第一天，就这样把他层层包裹了。

早餐桌上，云飞才再一次见到云翔。

一屋子的人，已经围着餐桌坐下了，纪总管也过来一起吃早餐。纪总管在展家已经当了三十几年的总管，掌管着展家所有的事业。早在二十几年前，祖望就把东跨院拨给纪家住，所以，纪总管等于住在展家。祖望只要高兴，就把他们找来一起吃饭。

天虹和丫头们侍候着，天虹真像个"小媳妇"，闷不吭声地，轻悄地摆着碗筷，云飞进门，她连眼帘都不敢抬。祖望兴致很好，看着云飞，打心眼里高兴着，一直对纪总管说：

"好不容易，云飞回来了，你要安排安排，哪些事归云飞管，哪些事归云翔管，要分清楚！你是总管，可别因为云翔是你的女婿，就偏了云翔，知道吗？"又掉头看云飞，"家里这些事业，你想做什么，管什么，你尽管说！"

云飞不安极了，很想说明自己什么都不想管，又怕伤了祖望的感情，看到梦娴那样安慰的眼神，就更加说不出来了。

纪总管一迭连声地应着：

"一定的，一定的！云飞是大哥，当然以云飞为主！"

品慧哼了一声，满脸的醋意，还来不及说什么，云翔大步地走进餐厅来，一进门就夸张地对每个人打招呼：

"爹早！娘早！纪叔早！大家早！"

祖望有气：

"还早？我们都来了，你最后一个才到！昨晚……"

云翔飞快地接口：

"别提昨晚了！昨晚你们舒舒服服地在家里吃酒席，我和天尧累得像龟孙子一样，差点连命都送掉了！如果你们还有人怪我，我也会翻脸走人哦！"

"你昨晚忙什么去了？"祖望问。

云翔面不改色地回答：

"救火呀！"

品慧立刻惊呼起来：

"救火？你到哪里去救火了？别给火烫到，我跟你说过几百次，危险的地方不要去！我只有你这一个儿子啊！"

云翔走到祖望面前，对父亲一抱拳：

"爹，恭喜恭喜！"

"恭喜我什么？"祖望被搅得一头雾水，忽然想起，"是啊！你哥回来，大家都该觉得高兴才是！"

"爹！你不要满脑子都想着云飞好不好？我恭喜你，是因为溪口那块地，终于解决了，我们的纺织工厂，下个月就可以开工兴建了！"

纪总管惊喜地看着他：

"这可真是一件天大的喜事，这块地已经拖了两年了！那萧老头搬了？"

"搬了！"云翔一屁股坐进位子里，夸张地喊着，"我快饿死了！"

天虹急忙端上饭来。云翔忽然伸手把她的手腕一扣，冷冷地说：

"家里有丫头老妈子一大群，用得着你一大早跑厨房，再站着侍候大家吃饭吗？"

"我……不是每天都这样做的吗？"天虹一愣，有点心虚地嗫嚅着。

"从今天起，不要做这种表面文章了，是我的老婆，就拿出老婆的谱来！坐下！"云翔用力一拉，天虹砰然一声落座。

纪总管抬头看看天虹，不敢有任何反应。

云飞暗中咬咬牙，不能说什么。

云翔稀里呼噜地扒了一口稀饭，抬头对云飞说：

"纺织工厂，原来是你的构想，可惜你这个人，永远只有理想，没有行动。做任何事，都顾虑这个，顾虑那个，最后就不了了之！"

云飞皱皱眉头：

"我知道你是心狠手辣，无所顾忌的，想必，你已经做得轰轰烈烈了！"

"轰轰烈烈倒未必，但是，你走的时候，它是八字没一撇，现在，已经有模有样了！我不知道你是未卜先知呢，还是回来得太凑巧？不过，我有句话要说在前面，对于我经手的事情，你最好少过问！"

云飞心中有气，瞪着云翔，清晰有力地说：

"让我清清楚楚地告诉你！我这次回来，不是要跟你争家产，不是要跟你抢地盘！如果我在乎展家的万贯家财，我当初就不会走！既然能走，就是什么都可以抛开！你不要用你那个狭窄的心思，去扭曲每一个人！你放心吧，你做的那些事，我一样都不会插手！"

"哈哈！好极了！我就要你这句话！"云翔抬头，大笑，环视满桌的人，"爹！娘！大娘，还有我的老婆，和我的老丈人，你们大家都听见了！你们都是见证！"他再掉头，锐利地看云飞，"自己说出口的话，可别反悔，今天是四月五日早晨……"他掏出一个怀表看，"八点四十分！大家帮忙记着！如果以后有人赖账……"

祖望情绪大坏，把筷子重重地往桌上一放，说：

"你们兄弟两个，就不能让我有一点点高兴的时候吗？就算是在我面前演演戏，行不行？为什么一见面就像仇人一样呢？"

祖望这一发怒，餐厅里顿时鸦雀无声。

梦娴急忙给云飞使眼色，示意他不要再说，天虹面无表情，纪总管赔着笑脸，品慧斜睨着云飞，一股不屑的样子。云飞心里大大一叹，唉！家！这就是家了！

寄傲山庄烧毁之后的第三天，萧鸣远就草草地下了葬。

下葬那天，是凄凄凉凉的。参加葬礼的，除了雨凤、雨鹃、小三、小四以外，就只有杜爷爷和杜奶奶这一对老邻居了。事实上，这对老夫妻，也是溪口仅有的住户了，在鸣远死后，是他们两夫妻收留了雨凤姊弟。要不然，这几天，他们都不知道要住到哪儿去才好。寄傲山庄付之一炬，他们不只失去了家和父亲，是失去了一切。身上连一件换洗衣服都没有。是杜奶奶找出几件她女儿的旧衣裳，连夜改给几个孩子穿。杜奶奶的女儿，早已嫁到远地去了。

在"爱妻安淑涵之墓"的旧坟旁边，新掘了一个大洞。雨凤雨鹃姊妹，决定让父亲长眠在母亲的身边。

没有人诵经，没有仪式，棺木就这样落入墓穴中。工人们收了绳索，一铲一铲的泥土盖了上去。

雨凤、雨鹃、小三、小四穿着麻衣，站在坟前，个个形容憔悴，眼睛红肿，呆呆地看着那泥土把棺木掩盖。

杜爷爷拈了一炷香过来，虔诚地对墓穴说话：

"鸣远老弟，那天晚上，我看到火光，赶到寄傲山庄的时候，你已经去了，我没能见你最后一面，真是痛心极了！你那几只牲口，我就做了主，给你卖了，得的钱刚刚够给你办个丧事……小老弟，我知道你最放心不下的，就是你这五个孩子！可惜我们邻居，都已经被展家逼走了，剩下我和老太婆，苦巴巴的，不知道怎样才能帮你的忙……"

杜奶奶也拈着香，接口说：

"可是，雨凤雨鹃是那么聪明伶俐，一定会照顾好弟弟妹妹，鸣远，你就安心地去吧！"

雨凤听到杜爷爷和杜奶奶的话，心里一阵绞痛，再也忍不住，含泪看着墓穴，凄楚地开了口：

"爹，你现在终于可以和娘在一起了！希望你们在天之灵，保佑我们，给我们力量，因为……爹……"她的泪水滚落下来，"我不像你想象的那样坚强，我好害怕……小五从火灾以后到现在，都是昏昏沉沉的，所以不能来给你送终，你知道，她从小身体就不好，现在，身上又是伤，又受了惊吓，我真怕她撑不下去……爹，娘，请你们保佑小五，让她好起来！请你们给我力量，让我坚强，更请你们给我一点指示，这以后，我该怎么办？"

小四倔强地忍着，不让眼泪掉下来，这时，一挺肩膀，抬头说：

"大姊，你不要担心，我是家里唯一的男孩，我已经十岁，可以做很多事了，我会挑起担子，做活养活你们！听说大风煤矿在招人手，我明天就去矿场工作！"

雨鹃一听这个话，气就来了，走上前去，抓着小四一阵乱摇，厉声说：

"把你刚刚说的那些蠢话，全体收回去！"

小四被抓痛了，挣扎地喊：

"你干吗？"

雨鹃眼睛红红的，大声地说：

"对！你是我们家唯一的男孩，是萧家的命脉！爹平常是如何器重你，为了你，我常常和爹吵，说他重男轻女！他一天到晚念叨着，要让你受最好的教育，将来能去北京念大学！现在，爹身子还没冷呢，你就想去当矿工了，你就这么一点儿出息吗？你给我向爹认错！"就压着小四的后脑，要他向墓穴低头，"告诉爹，你会努力念书，为他争一口气！"

小四倔强地挺直了脖子，就是不肯低头，恨恨地说：

"念书有什么用，像爹，念了那么多书，最后给人活活烧死……"

雨鹃一气，伸手就给了小四一巴掌，小四一躲，打在肩膀上。

"雨鹃！"雨凤惊喊，"你怎么了？"

小四挨了打，又惊又气又痛，抬头对雨鹃大叫：

"你打我？爹活着的时候，从没有打过我，现在爹才刚死，你就打我！"

小四喊完，一转身就跑，雨凤飞快地拦住他，一把将他死死地抱住，哽咽地喊：

"你去哪里？我们五个，现在是相依为命，谁也不能离开谁！"她蹲下身子，握紧小四的双臂，含泪说："二姊打你，是因为她心里积压了太多的伤心，说不出口。你是萧家唯一的男孩，她看着你，想着爹，她是代替爹，在这儿'望子成龙'啊！"

雨鹃听到雨凤这话，正是说中她的心坎。她的泪就再也忍不住，稀里哗啦地流了下来。她扑过去，跪在地上，紧紧地抱住小四，哭着喊：

"小四！原谅我，原谅我……"

小四一反身，什么话都没说，也紧紧地拥住雨鹃。

小三忍不住，跑了过来，伸手抱住大家。

"我想哭，我好想哭啊！"小三哽咽着。

雨凤把弟妹全体紧拥在怀，沉痛地说：

"大家哭吧！让我们好好地哭一场吧！"

于是，四个兄弟姊妹抱在一起，哭成一团。

旁边的杜爷爷和杜奶奶，也不能不跟着掉泪了。

鸣远总算入土为安了。

晚上，萧家五姊弟挤在杜爷爷家的一间小房间里，一筹莫展。桌上，桐油灯忽明忽暗的光线，照射着躺在床上的小五。小五额上，烧伤的地方又红又肿，起了一溜水泡，手上、脚上，全是烫伤。雨凤和小三，拿着杜奶奶给的药膏，不停地给她擦。但是，小五一直昏昏沉沉，嘴里喃喃呓语。

雨鹃在室内像困兽般地走来走去。

雨凤好担心，目不转睛地看着小五，着急地说：

"雨鹃，你看小五这个伤……我已经给她上了药，怎么还是起水泡了？不知道会不会留疤？小五最爱漂亮，如果留了疤，怎么办？"

雨鹃低着头，只是一个劲儿地走来走去，似乎根本没有听到雨凤的话。

小五低喃地喊着：

"小兔儿，小兔儿……"

"可怜的小五，为了那个小兔儿，一次掉到水里，一次冲进火里，最后，还是失去了那个小兔子！"雨凤难过极了，她弯下腰去，摸着小五的头，发现额头烧得滚烫，害怕起来，哀声地喊，"小五，睁开眼睛看看大姊，跟大姊说说话，好不好？"

小五转动着头，痛苦地呻吟着：

"爹，爹！小兔儿……救救小兔儿……"

小三看着小五，恐惧地问雨凤：

"大姊，小五会不会……会不会……"

站在窗边的小四，激动地喊了起来：

"不会！她会好起来！明天就又活蹦乱跳了！"他就冲到床前，摇着小五，大声地说，"小五！你起来，我给你当马骑，带你去看庙会！我扮小狗狗给你看！扮孙悟空给你看！随你要做什么，我都陪你去，而且永远不跟你发脾气了！醒来！小五！醒来！"

小三也扑到小五床头，急忙跟着说：

"我也是，我也是！小五，只要你醒过来，我陪你跳房子，玩泥娃娃，扮家家酒……你要玩什么就玩什么，我不会不耐烦了！"

雨凤心中一酸，低头抚摸小五：

"小五，你听到了吗？你要为我们争气啊！娘去了，爹又走了，我们不能再失去你！小五，睁开眼睛看看我们吧！"

小五似乎听到兄姊们的呼唤，睁开眼睛看了看，虚弱地笑了笑：

"大姊，大姊……"

"大姊在这儿，你要什么？"雨凤急忙俯下身子去。

"好多鸟鸟啊！"小五神志不清地说。

"鸟鸟？哪儿有鸟鸟？"雨凤一愣。

小五的眼睛又闭上了，雨凤才知道她根本没有清醒，她急切地伸手摸着小五的头和身子，着急地站起身来，对雨鹃说：

"她在发烧，她浑身滚烫！我们应该送她去城里看大夫，这样拖下去不是办法！可是，我们一块钱都没有，怎么办呢？现在住在杜爷爷家，也不是办法，我们五个人要吃，杜爷爷和杜奶奶已经够辛苦了，我们不能老让别人养着，怎么办呢？"

雨鹃站定，啪的一声，在自己脑袋上狠狠地敲了一记，恨恨地说：

"我就是笨嘛！连一点大脑都没有！骄傲是什么东西？能够换饭吃吗？能够给小五请大夫吗？能够买衣服鞋子吗？能够换到可住的地方吗？什么都不会！为什么要把钱袋还给那个王八蛋呢？不用白不用！"

"现在懊恼这个也没有用，事实上，我也不会收那个钱的！爹的山庄，叫'寄傲山庄'，不是吗？"

"寄傲山庄？寄傲山庄已经变成灰烬了！还有什么'傲不傲'？"雨鹃拼命在那个窄小的房间里兜圈子，脚步越走越急，"我已经想破了脑袋，就是想不出办法，不知道怎样才可以混进他们展家，一把火把他们家给烧得干干净净！"

雨凤瞪着雨鹃，忍不住冲到她面前，抓住她的双臂，摇着她，喊着：

"雨鹃，你醒一醒！小五躺在那儿，病得人事不知，你不想办法救救小五，却在那儿想些做不到的事！你疯了吗？我需要你和我同心协力照顾弟弟妹妹！求求你，先从报仇的念头里醒过来吧！现在，我们最需要做的事，不是报仇，是怎样活下去！你听到了吗？"

雨鹃被唤醒了，她睁大眼睛看着雨凤。然后，她一转身，往门口就走。

"你去哪儿？"

"去桐城想办法！"

"你是存心和我怄气还是鬼迷心窍了？这儿离桐城还有二十里，半夜三更，你怎么去桐城？到了桐城，全城的人都在睡觉，你怎么想办法？"

雨鹃一阵烦躁，大声起来：

"总之，坐在这儿是一点办法都没有的，我去城里再说！"

雨凤的声音也大了：

"你现在毫无头绪，一个人摸黑进城去乱闯，如果再出事，我不如一头撞死算了！"

雨鹃脚一跺，眼眶红了：

"你到底要我怎么办？"

这时，一声门响，杜爷爷和杜奶奶走了进来。杜奶奶走到雨凤身边，手里紧握着两块大洋，塞进她手里，慈祥地说：

"雨凤雨鹃，你们姊妹两个不要再吵了，我知道你们心里有多急，这儿是两块大洋……是我们家里所有的钱了，本来，是留着做棺材本的……可是，活着才最重要……快拿去给小五治病吧！明天一早，用我们那个板车，推她去城里吧！"

雨凤一愣：

"杜奶奶……我……我怎么能拿你们这个钱？"

杜爷爷诚挚地接了口：

"拿去吧！救小五要紧，城里有中医又有西医，还有外国人开的医院，外国医生好像对烧伤很有办法，上次张家的阿牛在工厂里被烫伤，就是去那儿治好的！连疤都没有留！"

雨凤眼里燃起了希望：

"是吗？连疤都没有留吗？"

"没错！我看小五这情况，是不能再耽搁了。"

雨凤手里握着那两块大洋，心里矛盾极了：

"可是……可是……"

杜奶奶把她的手紧紧一合，让她握住那两块大洋：

"这个节骨眼，你就别再说可是了！等你们有钱的时候，再还我，嗯？我和老头子身子骨还挺硬朗的，这个钱可能好几年都用不着！"

雨凤握紧了那个救命的钱，不再说话了。

雨鹃走过来，扑通一声，就给杜爷爷和杜奶奶跪下了。

雨鹃这一跪，雨凤也跪下了。

雨凤这一跪，小三和小四上前，也一溜跪下了。

杜爷爷和杜奶奶又惊又慌，伸出手去，不知道该拉哪一个才好。

第二天一早，小五就躺在一个手推板车上，被兄姊们推到桐城，送进了"圣心医院"。这家医院是教会办的，医生护士都很和气，立刻诊治了小五。诊治的结果，让姊妹两个全都心惊胆战了。

"你们送来太晚，她的烧伤，本来不严重，可是她现在已经受到细菌感染，必须住院治疗，什么时候能出院，要看她恢复的情况！你们一定要有心理准备，她的存活率只有百分之五十！"医生说。

雨凤站不稳，跌坐在一张椅子里：

"百分之五十……这么说，她有生命危险……"

"确实，她有生命危险！"

"那……住院要多少钱？"雨鹃问。

"我们是教会医院，住院的费用会尽量算得低！但是，她必须用最新的消炎药治疗，药费很高，当然，你们也可以用普通的药来治，治得好治不好，就要碰运气了！"

雨凤还来不及说话，雨鹃斩钉截铁地，坚定有力地说：

"大夫，请你救救我妹妹，不管多贵的药，你尽管用，医药费我们会付出来的！"

小五住进了一间大病房，病房里有好多人，像个难民营一样。小五躺在那张洁白的大床里，显得又瘦又小，那脆弱的生命，似乎随时可以消失。雨凤、雨鹃没办法在病床前面照顾，要出去找钱。只得叮嘱小三小四，守在病床前面照顾妹妹。把缴住院费剩下的钱，大部分都交给了小三。姊妹两个看着人事不知的小五，看着茫然失措的小三和小四，真是千不放心，万不放心。但是，医药费没有，住处没有，衣食住行，样样没有……她们只得搁下那颗惴惴不安的心，出了医院，去想办法了。

桐城，是个很繁荣的城市。市中心，也是商店林立，车水马龙的。

姊妹两个，不认得任何人，没有背景，没有关系，也没有丝毫谋职的经验。两人开始了好几天的"盲目求职"。这才知道，她们将近二十年的生命，都太幸福了。像是刚孵出的小鸡，一直生活在父母温暖的大翅膀下，根本不知道什么叫"世态炎凉"，什么叫"走投无路"。

她们几乎去了每一家店铺，一家又一家地问：你们需要店员吗？你们需要人手吗？你们需要丫头吗？……得到的答案，全是摇头，看到的脸孔，都是冷漠的。

连续三天，她们走得脚底都磨出了水泡，筋疲力尽，仍然一点头绪都没有。

这天，有个好心的老板娘，同情地看着她们说：

"这年头，大家都是自己的活自己干，找工作可不容易。除非你们去'绮翠院'！"

"绮翠院在哪条街？"雨鹃慌忙问。

"就在布袋胡同！"

两人也没细问，就到了"绮翠院"，立刻被带进一间布置得还很雅致的花厅，来了一个穿得很华丽的中年妇人，对她们两个很感兴趣地，上上下下地打量。

"找工作啊？缺钱用是不是？家里有人生病吗？"妇人和颜悦色地问。

"是啊！是啊！我们姊妹粗活细活都可以干！"雨凤连忙

点头。

"我可以让你们马上赚到钱！你们需要多少？"妇人问。

雨凤一呆，觉得不大对头：

"我们的工作是什么呢？"

"你们到我绮翠院里来找工作，居然不知道我们绮翠院是干什么的吗？"妇人笑了，"大家打开窗子说亮话，如果不是没路走了，你们也不会来找我！我呢？是专门给大家解决困难的，你们来找我，就找对人了！我们这儿，就是赚钱多，赚钱快……"

"怎么个赚法？有多快？"雨鹃急急地问。

"我可以马上付给你们一人五块银元！"

"马上吗？"

"马上！而且，你们以后每个月的收入肯定在五块钱以上，只要你们肯干活！"

"我们肯干，一定肯干……"雨鹃一个劲儿地点头。

"那么，你们要写个字据给我们，保证三年之内，都在我们绮翠院做事，不转行！"说着，就推了一张字据到两人的面前。

"大婶……这工作的性质到底是……"

雨凤话没问完，房门砰然一响，一个年轻的女子，披头散发，衣衫不整地冲进门来，嘴里尖叫着：

"大婶！救我……大婶……"

在女子背后，一个面貌狰狞的男子，正狂怒地追来，怒骂着：

"妈的！你以为你还是贞洁大姑娘吗？这样也不干，那样也不干！我今天就给你一点颜色看看……你给我滚回来！"

男子伸手一抓，女子逃避不及，刺啦一声，上衣被撕破，女子用手拼命护着肚兜，哭着喊：

"大婶！救命啊……我不干了，我不干了……"

妇人正在和雨凤姊妹谈话，被这样一搅局，气坏了，抓住女子的胳臂一吼：

"不干！不干就把钱还来，你以为我绮翠院是什么地方？由得你这样说来就来，说走就走？"

男子一蹿就蹿上前来，像老鹰抓小鸡似的，捉住女子，往门外拖去，女子一路高叫着"救命"。门口，莺莺燕燕都伸头进来看热闹。

雨凤、雨鹃相对一看。雨鹃一把拉住雨凤的手，大喊：

"快跑啊！"

两人转身，夺门而去。一口气跑到街上，还继续奔跑了好一段路，才站定。两人拍着胸口，惊魂未定。

"好险，差一点把自己给卖了！"雨凤说。

"吓得我一身冷汗！马上给钱，简直是个陷阱嘛！以后不能这么鲁莽，找工作一定要先弄清楚是什么地方！"

雨凤叹口气，又累又沮丧。

"出来又是一整天，一点收获都没有，累得筋疲力尽，饿得头昏眼花，还被吓得三魂去了两魂半，现在，怎么办？"

怎么办？真的是一点办法都没有。

"不知道小五怎样了，我们还是先回医院吧！明天再继续努力！"雨鹃说。

两人疲倦地、沮丧地，彼此搀扶着回到医院。才走到病房门口，小三就满面愁容地从里面迎了出来：

"你们怎么这么久才回来？"

"小五怎样了？"雨凤心惊肉跳地问。

"小五很好，大夫说有很大的进步，烧也退了，现在睡得很香……"小三急忙说，"可是，小四不见了！"

"你说小四不见了是什么意思？他不是一直跟你在医院吗？"雨鹃惊问。

"今天你们刚走，小四就说他在医院里待不下去，他说，他出去逛逛就回来！然后，他就走了！到现在都没回来！"

雨鹃怔了怔，又急又气：

"这就是男孩子的毛病，一点耐心都没有！要他在医院里陪陪妹妹，他都待不住，气死我了！"

"可是，他去哪里了？这桐城他一共也没来过几次，人生地不熟的，他能逛到哪里去呢？"雨凤看小三，"你是不是把钱都交给他了？"

"没有啊，钱都在我这里！"

雨鹃越想越气：

"叫他不要离开小五，他居然跑出去逛街！等他回来，我非打断他的腿不可！"

正说着，小四回来了。他看来十分狼狈，衣服上全是黑灰，脸上也是东一块黑，西一块黑，脚一跛一跛的。他一抬头，看到三个姊姊，有点心慌，努力掩饰自己的跛腿，若无其事地喊：

"大姊，二姊，你们找到工作了吗？"

雨凤惊愕地看着他：

"你怎么了？遇到坏人了吗？你身上又没钱，总不会被抢劫吧？"

"你跑出去跟人打架了，是不是？我一看你的样子就知道！你不在医院里陪小五，跑到外面去闹事，你想把我气死是不是？"雨鹃看到他就生气。

"我没闹事……"

"给我看你的腿是怎么回事？"雨鹃伸手去拉他。

小四忙着去躲：

"我没事，没事，只是摔了一跤，你们女人，就是会大惊小怪！"

"你这说的什么话？我们女人，个个忙得头昏脑涨，你一个人出去逛街，还打伤了回来！你不在乎我们的辛苦，也不怕我们担心吗？"

"谁说我打伤了回来？"

"没打伤，你的腿是怎么了？"雨鹃伸手一把抓牢了他，就去掀他的裤管。

小四被雨鹃这样用力一拉，不禁"哎哟""哎哟"叫出声。

"别抓我，好疼！"

雨鹃掀开裤管一看，不禁吓了一跳，只见小四膝盖上血迹斑斑，破了好大一块。

"哎呀！怎么伤成这样？还好现在是在医院，我们赶快去找个护士小姐，给你上药包扎一下……"雨凤喊着。

"不要了！根本没怎样，上个药又要钱，我才不要上呢！"小四拼命挣扎。

"你知道什么都要钱，你为什么不安安静静地待在医院里……"雨鹃吼他。

小四实在忍不住了，突然从口袋里掏出一摞铜板，往雨鹃手里一塞：

"喏！这个给你们，付小五的医药费，我知道不够，明天再去赚！"

雨凤、雨鹃、小三全部一呆。雨凤立即蹲下身子，拉住小四的手，扳开他的手指一看。只见他的手掌上，都磨破了皮，沁着血丝。雨凤脸色发白了：

"你去哪里了？"

小四低头不语。

"你去了矿场，你去做童工？"雨凤明白了。

小四看到瞒不过去了，只好说了：

"本来以为天黑以前一定赶得回来，谁知道矿场在山上，好远，来回就走了好久，那个推煤渣的车，看起来没什么，推起来好重，不小心就摔了一跤，不过，没关系，一回生，二回熟，明天有经验了，就会好多了！"

雨凤把小四紧紧一抱，泪水就夺眶而出。

雨鹃这才知道冤枉了小四，又是后悔，又是心疼，话都说不出来了。

小四努力做出一股无所谓的样子来，安慰着两个姊姊：

"没关系！矿场那儿，比我小的人还有呢，人家都做得好好的！我明天就不会再摔了！"

"还说明天！你明天敢再去……"雨凤哽咽着喊。

"与其你去矿场推煤车，不如我去绮翠院算了！"雨鹃脱口而出。

雨凤大惊，放开小四，抓住雨鹃，一阵乱摇：

"雨鹃，你怎么说这种话，你不要吓我！你想都不能想！答应我，你想都不要想！我们好歹还是萧鸣远的女儿啊！"

"可是，我们要怎么办？"

"我们明天再去努力！我们拼命拼命地找工作，我就不相信在这个桐城，没有我们生存的地方！"她抓住小四，严重地警告他，"小四！你已经浑身都是伤，不许再去矿场了！如果你再去矿场，我……我……"她说不下去，哭了。

"大姊，你别哭嘛！我最怕看到你哭，我不去，不去就好了，你不要哭呀！"

雨凤的泪，更是潸潸而下了。

小三、雨鹃的眼眶都湿了，四人紧紧地靠在一起，彼此泪眼相看，都是满腹伤心，千般无奈。

4

第二天，雨凤雨鹃又继续找工作。奔波了一整天，依旧毫无进展。

黄昏时分，两人拖着疲倦的脚步，来到一家很气派的餐馆面前。两人抬头一看，店面非常体面，虽然不是吃饭时间，已有客人陆续入内。餐馆大门上面，挂着一个招牌，上面写着"待月楼"三个大字，招牌是金字雕刻，在落日的光芒下闪闪发光。

姊妹俩彼此互看。雨鹃说：

"这家餐馆好气派，这个时间，已经有客人出出入入了，生意一定挺好！"

"看样子很正派，和那个什么院不一样。"雨凤说。

"你不要一朝被蛇咬，十年怕草绳好不好？一看就知道不一样嘛！"

"说不定他们会要用人端茶上菜！"

"说不定他们会要厨子!"

"说不定他们需要人洗洗碗,扫扫地……"

雨鹃就一挺背脊,往前迈步:

"进去问问看!"

雨凤急忙伸手拉住她:

"我们还是绕到后门去问吧!别妨碍人家做生意……"

姊妹两个就绕道,来到待月楼的后门,看见后门半合半开,里面隐隐有笑语传出。雨鹃就鼓勇上前,她伸出手去,正要打门,孰料那门竟哗啦一声开了,接着,一盆污水哗地泼过来,正好泼了她一头一脸。

雨鹃大惊,一面退后,一面又急又气地开口大骂:

"神经病!你眼睛瞎了?泼水也不看看有没有人在外面?"

门内,一个长得相当美丽的中年女子,带着几分慵懒,几分娇媚,一扭腰走了出来。眼光对姊妹两个一瞟,就拉开嗓门,指手画脚地抢白起来:

"哎哟,这桐城上上下下,大街小巷几十条,你哪一条不好去,要到咱们家的巷子里来站着?你看这左左右右,前前后后,街坊邻居一大堆,你哪一家的门口不好站,要到我家门口来站着?给泼了一身水,也是你自找的,骂什么人?"

雨鹃气得脸色都绿了,雨凤慌忙掏出小手绢,给她胡乱地擦着说:

"算了,雨鹃,咱们走吧!别跟人家吵架了,小五还在医院里等我们呢!"

自从寄傲山庄烧毁,鸣远去世,两姊妹找工作又处处碰壁，雨鹃早已积压了一肚子的痛楚。这时，所有的痛楚，像是被引燃的炸弹，突然爆炸，无法控制了。她指着那个女子，怒骂出声：

"你莫名其妙！你知不知道这是公共地方，门口是给人站的，不是水沟，不是河，不是给你倒水的！你今天住的，是房子，不是船！这是桐城，不是苏州，你要倒水就是不可以往门外倒！"

女子一听，惊愕得挑高了眉毛。

"哟！骂起人来还挺顺溜的嘛！"就对雨鹃腰一扭，下巴一抬，不慌不忙，不疾不徐地说，"我已经倒了，你要怎样？这唱本里不是有这样一句吗？嫁出门的女儿，像泼出门的水……可见，水吗，就是给人'泼出门'的，要不然，怎么老早就有这种词儿呢！"

"你……"雨鹃气得发抖，身子往前冲，恨不得跟她去打架。

雨凤拼命拉住她，心灰意冷地喊：

"算了算了，不要计较了，我们的麻烦还不够多吗？已经家破人亡了，你还有心情跟人吵架！"

雨鹃跺着脚，气呼呼地大嚷：

"人要倒起霉来，喝水会呛死，睡觉会闷死，走路会摔死，住在家里会烧死，敲个门都会被淹死！"

雨凤不想再停留，死命拉着雨鹃走。雨鹃一面被拖走，嘴里还在说：

"怎么那么倒霉？怎么可能那么倒霉……简直是虎落平阳

被犬欺……"

身后，忽然响起那个女子清脆的声音：

"喂！你们两个！给我回来，回来！"

雨鹃霍地一回身，气冲冲地喊：

"你到底要怎样？水也给你泼了，人也给你骂了，我们也自认倒霉走人了……你还要怎样？"

那个女子笑了，有一股妩媚的风韵：

"哈！火气可真不小！我只是想问问，你们为什么要敲我的门？为什么说家破人亡？再有呢，水是我泼的，衣裳没给你弄干，我还有点儿不安心呢！回来，我找件衣裳给你换换，你有什么事，也跟我说说！"

雨鹃和雨凤相对一怔，雨凤急忙抬头，眼里绽出希望的光芒，把所有的骄傲都摒诸脑后，急切地说：

"这位大姊，我们是想找个工作，不论什么事，我们都愿意干！烧火、煮饭、洗衣、端茶、送水……什么什么都可以……"

女子眼光锐利地打量两人：

"原来你们想找工作，这么凶，谁敢给你们工作？"

雨鹃脸色一僵，拉着雨凤就走：

"别理她了！"

"回来！"女子又喊，清脆有力。

两姊妹再度站住。

"你们会唱歌吗？"

雨凤满脸光彩，拼命点头：

"唱歌？会会会！我们会唱歌！"

女子再上上下下地看二人：

"如果你们说的是真话呢，你们就敲对门了！"她一转身往里走，一面扬着声音喊："珍珠！月娥！都来帮忙……"

就有两个丫头大声应着：

"是！金大姊！"

姊妹俩不大相信地站着，以为自己听错了，站在那儿发愣。女子回头嚷：

"还发什么呆？还不赶快进来！"

姊妹俩这才如大梦初醒般，慌忙跟着向内走。

雨凤、雨鹃的转机就这样开始了。她们终于遇到了她们生命里的贵人，金银花。金银花是待月楼的女老板，见过世面，经过风霜，混过江湖。在桐城，名气不小，达官贵人，几乎都要买她的账，因为，在她背后，还有一个有权有势的人在撑腰，那个人，是拥有大风煤矿的郑老板。这家待月楼，表面是金银花的，实际是郑老板的。是桐城最有规模的餐馆。可以吃饭，可以看戏，还可以赌钱。一年到头，生意鼎盛，是"城北"的"活动中心"。在"桐城"，有两大势力，一个是城南的展家，一个就是城北的郑家。

雨凤、雨鹃两姊妹，对于"桐城"的情形，一无所知。她们熟悉的地方，只有溪口和寄傲山庄。她们并不知道，她们歪打正着，进入了"城北"的活动中心。

金银花用了半盏茶的时间，就听完了姊妹俩的故事。展家！那展家的孽，越造越多了。她不动声色，把姊妹俩带进后台的一间化妆间，呼的一声，掀开门帘，领先走了进去。雨凤、雨鹃跟了进来，珍珠、月娥也跟在后面。

"你们姊妹的故事呢，我也知道一个大概了！有句话先说明白，你们的遭遇虽然可怜，但我可不开救济院！你们有本领干活，我就把你们姊妹留下，没有本领干活，就马上离开待月楼！我不缺烧饭洗碗上菜跑堂的，就缺两个可以表演，唱曲儿，帮我吸引客人的人！"

雨凤、雨鹃不断对看，有些紧张，有些惶恐：

"这位大姊……"

金银花一回头：

"我的名字不叫'这位大姊'，我是'金银花'！年轻的时候，也登过台，唱过花旦！这待月楼呢，是我开的，大家都叫我金银花，或是金大姊，你们，就叫我金大姊吧！"

雨凤立刻顺从地喊：

"是！金大姊！"

金银花走向一排挂着的戏装，解释说：

"本来我们有个小小的戏班子，上个月解散了。这儿还有现成的衣裳，你们马上选两套换上！珍珠，月娥，帮她们两个打扮打扮，胭脂水粉这儿都有……"指着化妆桌上的瓶瓶罐罐，"我给你们两个小时来准备，时辰到了，你们两个就给我出场表演！"拿起桌上一个座钟，往两人面前一放："现在是五点半，七点半出场！"

雨鹃一惊，睁大了眼睛：

"你是说今晚？两个小时以后要出去表演？"

金银花锐利地看向雨鹃：

"怎么？不行吗？你做不到吗？如果做不到，趁早告诉我，别浪费了我的胭脂水粉！"就打鼻子里哼了一声，"哼！我还以为你们真是'虎落平阳'呢！看样子，也不过是小犬两只罢了！"

雨鹃被刺激了，一挺背脊，大声说：

"行！给我们两小时，我们会准时出去表演！"

雨凤顿时心慌意乱起来，毫无把握，着急地喊：

"雨鹃……"

雨鹃抬头看她，眼神坚定，声音有力：

"想想在医院的小五，想想没吃没穿的小三小四，你就什么都做得到了！"

金银花挑挑眉毛：

"好！就看你们的了！我还要去忙呢……"转身喊："龚师傅！带着你的胡琴进来吧！"

就有一个五十余岁的老者，抱着胡琴走来。金银花对龚师傅交代说：

"马上跟这两个姑娘练练！看她们要唱什么，你就给拉什么！"

"是！"龚师傅恭敬地回答。

金银花往门口走，走到门口，又倏然回头，盯着雨凤雨鹃说：

"你们唱得好，别说妹妹的医药费有了着落，我还可以拨两间屋子给你们兄弟姊妹住！唱得不好呢……我就不客气了！再有，我们这儿是喝酒吃饭的地方，你们别给我唱什么《满江红》《浪淘沙》的！大家是来找乐子的，懂了吗？"

雨凤咽了一口气，睁大眼睛，拼命点头。

金银花一掀门帘，走了。

珍珠、月娥已经急急忙忙地打了两盆水来，催促着：

"快来洗个脸，打扮打扮！金大姊可是说一是一，说二是二，没价可还的啊！"

龚师傅拉张椅子坐下，胡琴声"咿咿呀呀"地响起。龚师傅看着两人：

"两位姑娘，你们要唱什么？"

表演？要上台表演？这一生，连"表演"都没看过，是什么都弄不清楚，怎么表演？而且，连练习的时间都没有，怎么表演？雨凤急得冷汗直冒，脸色发青，说：

"我快要昏倒了！"

雨鹃一把握住她的双臂，用力地摇了摇，两眼发光地，有力地说：

"你听到了吗？有医药费，还有地方住！快打起精神来，我们做得到的！"

"但是，我们唱什么？《问燕儿》《问云儿》吗？"

雨鹃想了想，眼睛一亮：

"有了！你记得爹有一次，把南方的小曲儿教给娘唱，逗得我们全体笑翻了，记得吗？我们还跟着学了一阵，我记得有个曲子叫《对花》！"

这天晚上，待月楼的生意很好，宾客满堂。

这是一座两层楼的建筑，楼上有雅座，楼下是敞开的大厅。大厅前面有个小小的戏台。戏台之外，就是一桌桌的酒席。

这正是宾客最多的时候，高朋满座，笑语喧哗，觥筹交错，十分热闹。有的人在喝酒，也有一两桌在掷骰子，推牌九。

珍珠、月娥穿梭在客人中，倒茶倒水，上菜上酒。

小范是待月楼的跑堂，大约十八九岁，被叫过来又叫过去，忙碌地应付着点菜的客人们。

金银花穿着艳丽的服装，像花蝴蝶一般周旋在每一桌客人之间。

台前正中的一桌上，坐着郑老板。这一桌永远为郑老板保留，他来，是他专有，他不来就空着。他是个身材颀长，长得相当体面的中年人，有深邃的眼睛，和让人永远看不透的深沉。这时，他正和他的几个好友在推牌九，赌得热火。

龚师傅不受注意地走到台上一隅，开始拉琴。

没有人注意这琴声，客人们自顾自地聊天，喝酒，猜拳，赌钱。

忽然，从后台响起一声高亢悦耳的歌声，压住了整个大厅的嘈杂。一个女声，清脆嘹亮地唱着：

"喂……"声音拉得很长，绵绵袅袅，余音不断，绕室回响，"叫一声哥哥喂……叫一声郎喂……"

所有的客人都愣住了，大家不约而同地安静下来，看着台上。

金银花不禁一怔，这比她预期的效果好太多了，她身不由己，在郑老板的身边坐下，凝神观看。郑老板听到这样的歌声，完全被吸引住了，停止赌钱，眼睛也瞪着台上。他的客人们也都惊讶地张大了眼睛。

小范正写菜单，竟然忘了写下去，讶然回头看台上。

随着歌声，雨鹃出场了。她穿着大古装，扮成了一个翩翩美少年，手持折扇，顾盼生辉。一面出场，一面唱：

"叫一声妹妹喂……叫一声姑娘喂……"

雨凤跟着出场，也是古装扮相，扮成一个娇媚女子。柳腰款摆，莲步轻摇，一对水灵灵的大眼睛，半带羞涩半带娇。

两个姊妹这一男一女的扮相，出色极了，立刻引起满座的惊叹。

姊妹俩就一人一句地唱了起来。

"郎对花，妹对花，一对对到田埂下，丢下了种子……"雨凤唱。

"发了一棵芽……"雨鹃对台下扫了一眼。

台下立刻爆出如雷的掌声。

"什么秆子什么叶?"雨凤唱。

"红秆子绿叶……"雨鹃唱。

"开的是什么花?"雨凤唱。

"开的是小白花……"雨鹃唱。

"结的是什么果呀?"雨凤唱。

"结的是黑色果呀……"雨鹃唱。

"磨的是什么粉?"雨凤唱。

"磨出白色的粉!"雨鹃唱。

"磨出那白的粉呀……"雨凤唱。

"给我妹妹搽!给我妹妹搽!"雨鹃唱。

下面是"过门",雨凤做娇羞不依状,用袖子遮着脸满场跑。雨鹃一副情意绵绵的样子,满场追雨凤。

客人们再度响起如雷的掌声,并纷纷站起来叫好。

郑老板惊讶极了,回头看金银花:

"你从哪里找来这样一对美人?又唱得这么好!你太有本领了!事先也没告诉我一声,要给我一个意外吗?"

金银花又惊又喜,不禁眉开眼笑:

"不瞒你,这对我来说,也是个大大的意外呢!就是要我打着灯笼,全桐城找,我也不见得会把这一对姊妹给找出来!今天她们会来我这里唱歌,完全是展夜枭的杰作!是他给咱们送了一份礼!"

"展家?这事怎么跟展家有关系?"郑老板惊奇地问。

"哗!我看,我们桐城,要找跟展家没关系的,就只有你郑老板的大风煤矿,和我这个待月楼了!"金银花说。

过门完毕,雨凤、雨鹃继续唱了起来:

"郎对花,妹对花,一对对到小桥下,只见前面来个人……"

"前面来的什么人?"

"前面来的是长人!"

"又见后面来个人……"

"后面来的什么人？"

"后面来的是矮人！"

"左边又来一个人！"

"左边来的什么人？"

"来个扭扭捏捏，一步一蹭的大婶婶……"

"哦，大婶是什么人？"

"不知她是什么人？"

雨鹃两眼瞅着雨凤，眼波流转，风情万种，唱着：

"妹妹喂……她是我俩的媒人……要给我俩说婚配，选个日子配成对！呀得呀得儿喂，得儿喂，得儿喂……"

雨凤一羞，用袖子把脸一遮，奔进后台去了。

雨鹃在一片哄然叫好声中，也奔进去了。

客人们疯狂地、忘形地鼓着掌。

金银花听着这满堂彩，看着兴奋的人群，笑得心花怒放。

奔进后台的雨凤和雨鹃，手拉着手，彼此看着彼此。听着身后如雷的掌声和叫好声，她们惊喜着，两人的眼睛里，都闪耀着光华。她们知道，这掌声代表的是：住的地方有了，小五的医药费有了！

当天晚上，金银花就拨了两间房子给萧家姊弟住。房子很破旧，可喜的是还干净，房子在一个四合院里，这儿等于是待月楼的员工宿舍。小范、珍珠、月娥都住在同一个院子里，彼此也有个照应。房间是两间相连，外面一个大间，里面一个小间，中间有门可通。雨凤和雨鹃站在房间里，惊喜莫名。金银花看着姊妹俩，说：

"那么，就这么说定了，每天晚上给我唱两场，如果生意好，客人不散，就唱三场！白天都空给你们，让你们去医院照顾妹妹，可是，不要每天晚上就唱那两首，找时间练唱，是你们自己的事！"

雨鹃急忙说：

"我们会好多曲子，必要的时候，自己还可以编，一定不会让你失望！"

金银花似笑非笑地瞅着雨鹃：

"现在，不骂我是神经病，泼了你一身水了？"

雨鹃嫣然一笑：

"谢谢你泼水，如果泼水就有生机，多泼几次，我心甘情愿！"

金银花扑哧一声笑了。

萧家的五个兄弟姊妹，终于有了落脚的地方。

云飞回家转眼就半个月了，每天忙来忙去，要应酬祖望的客人，要陪伴寂寞的梦娴，又被祖望拉着去"了解"展家的事业，逼着问他到底要管哪一样。所有的亲朋，知道云飞回来了，争着前来示好，筵席不断。他简直没有时间做自己想做的事。在记忆深处，有个人影一直反复出现，脑海里经常漾起雨凤的歌声："问云儿，你为何流浪？问云儿，你为何飘荡？"好奇怪，自己名叫"云飞"，这首歌好像为他而唱。那个唱歌的女孩，大概正带着弟妹在瀑布下享受着阳光，享受着爱吧！自从见到雨凤那天开始，他就知道，幸福，在那五个姊弟的脸上身上，不在这荣华富贵的展家！

这天，阿超带来一个天大的消息：

"我都打听清楚了，那萧家的寄傲山庄，已经被二少爷放火烧掉了！"

云飞大惊地看着阿超：

"什么？放火？"

"是！小朱已经对我招了，那天晚上，他跟着去的！萧家被烧得一干二净，萧老头也被活活烧死了……他家有五个兄弟姊妹，个个会唱歌，大姊，就是你从河里救出来的姑娘，名字叫萧雨凤！"

云飞太震惊了，根本不敢相信这是事实。抓起桌上的马鞭，急促地说：

"我们看看去！把你打听到的事情，全体告诉我！"

当云飞带着阿超，赶到寄傲山庄的时候，云翔和纪总管、天尧，正率领着工人，在清除寄傲山庄烧焦的断壁残垣。

云飞和阿超快马冲进，两人翻身下马。云翔看到他们来了，惊愕得一塌糊涂。云飞四面打量，看着那焦黑的断壁残垣，也惊愕得一塌糊涂。

"嗬！这是什么风，会把你这位大少爷，吹到我的工地上来了？"云翔怪叫着。

云飞眼前，一再浮现着雨凤那甜美的脸，响起小五欢呼的声音，看到五个恩爱快乐的脸庞。而今，那洋溢着欢乐和幸福的五姊弟，不知道流落何方？他四面环视，但见满眼焦土，一片苍凉。心里就被一种悲愤的情绪涨满了，他怒气冲冲地盯着云翔：

"你的工地？你为了要夺得这块地，放火烧了他们的房子，还烧出一条人命！现在，你在这儿盖工厂，你就不怕阴魂不散，天网恢恢，会带给我们全家不幸吗？"

云翔立刻大怒起来，暴跳着喊：

"你这说的是什么话？这块地老早就属于我们展家了，什么叫'夺得'？那晚，这儿会失火，完全是个意外，我只是想用烟把萧老头给熏出来！谁知道会整个烧起来呢？再说，那萧老头会烧死，与我毫无关系……"就大叫，"天尧！你过来作证！"

天尧走过来，说：

"真的！本来大家都在院子里，没有一个会受伤，可是，有个小孩跑进火里去，萧老头为了救那个孩子……"

天尧的话还没说完，云翔一个不耐烦，把他推开，气冲冲地对云飞吼：

"我根本用不着跟你解释，不管我有没有放火，有没有把人烧死，都和你这个伪君子无关！你早就对这个家弃权了，这些年来，是我在为这个家鞠躬尽瘁，奉养父母，你！你根本是个逃兵！你没有资格跟我说话，更没有资格过问我的事！"

云飞沉重地呼吸着，死死地盯着他：

"我知道，这些年你辛苦极了！这才博得一个'展夜枭'的外号！听说，你常常带着马队，晚上出动，专吓老百姓，逼得这附近所有的人家，没有一个住得下去，因而，大家叫你们'夜枭队'！夜枭！多光彩的封号！你知道什么是夜枭吗？那是一种半夜出动，专吃腐尸的鸟！这就是桐城对你展二少爷的评价！就是你为爹娘争得的荣耀！"

云翔暴怒，喊：

"我是不是夜枭，关你什么事？那些无知老百姓的胡说八道，只有你这种婆婆妈妈的人才在乎！我根本不在乎！"

云飞抬头看天尧，眼光里盛满了沉痛。

"天尧！你、我、云翔，还有天虹，几乎是一块儿长大的！小时候，我们都有很多理想，我想当个作家，你想当个大夫，没想到今天，你不当大夫也罢了，居然帮着云翔，做这些伤天害理的事！"他再抬头看纪总管，更沉痛地，"纪叔，你也是？"

纪总管脸色一沉，按捺着不说话。

天尧有些老羞成怒了，也涨红了脸：

"你不能这么说，我们从没有做过什么伤天害理的事！别人欠了债，我们当然要他还钱，要不然，你家里开什么钱庄？"

"对！"云翔大声接口，"你以为你吃的奶水就比较干净了吗？你也是被展家钱庄养大的！别在这儿唱高调，故作清高了！简直恶心！"

云飞气得脸色发青：

"我看，你们是彻底没救了！"他突然走到工人前面，大喊："停止！大家停止！不要再弄了！"

工人们愕然地停下来。

云翔追过来，又惊又怒地喊：

"你干吗？"

云飞对工人们挥手，嚷着：

"统统散掉！统统回家去！我是展云飞！你们大家看清楚了，我说的，这里目前不需要整理，听到没有？"

工人们面面相觑，不知道该怎么做。

云翔这一下，气得面红耳赤，走过去对云飞重重地一推。

"你有什么资格在这儿发号施令？"也对工人们挥手，"别听他的，快做工！"

"不许做！"云飞喊。

"快做！快做！"云翔喊。

工人们更加没有主张了。

"纪叔！"云飞喊了一声。

"是！"纪总管应着。

"我爹有没有交代你，展家的事业中，只要我喜欢，就交给我管？"

"是，是……有的，有的！"纪总管不能不点头。

云飞傲然地一仰头：

"那么，你回去告诉他，我要了这块地！我今天就会跟他亲自说！所以，你管一管这些工人，谁再敢碰这儿的一砖一瓦，就是和我过不去！也就是纪叔您督导不周了。"

"是，是，是。"纪总管喃喃地说。

云翔一把抓住了云飞的衣服，大叫：

"你说过，你不是来和我争财产，抢地盘的！你说过，你不在乎展家的万贯家财，你根本不屑于和我争……那是那是……四月五日，早上几点？"他气得头脑不清，"大家吃早饭的时候，你亲口说的……"

"那些话吗？口说无凭，算我没说过！"

"你混蛋！你无赖！"云翔气得快发疯了，大吼。

"这一招可是跟你学的！"云飞说。

云翔忍无可忍，一拳就对他挥去。云飞一闪身躲过。云翔的第二拳又挥了过来。阿超及时飞跃过来，轻轻松松地接住了云翔的拳头，抬头笑看他：

"我劝二少爷，最好不要跟大少爷动手，不管是谁挂了彩，回去见着老爷，都不好交代！"

纪总管连忙应着：

"阿超说的是！云翔，有话好说，千万别动手！"

云翔愤愤地抽回了手，对阿超咬牙切齿地大骂：

"我忘了，云飞身边还有你这个狗腿子！"又对云飞怒喊："你连打个架，都要旁人帮你出手吗？"再掉头对纪总管怒吼："你除了说'是是是'，还会不会说别的？"

云翔这一吼，把纪总管、阿超、天尧全都得罪了。天尧对云翔一皱眉头：

"我爹好歹是你的岳父，你客气一点！"

"岳父？我看他自从云飞回来，心里就只有云飞，没有我了！说不定已经后悔这门亲事了……"

纪总管的眼神充满了愠怒，脸色阴沉，不理云翔，对工人们挥手说：

"大家听到大少爷的吩咐了？统统回去！今天不要做了，等到要做的时候，我再通知你们！"

工人们应着，大家收拾工具散去。

云翔惊看纪总管，愤愤地嚷：

"你真的帮着他？"

"我没有帮着谁！"纪总管声音里带着隐忍，带着沧桑，带着无奈，"我是展家的总管！三十年来，我听老爷差遣！现在，还是听老爷差遣！我根本没有立场说帮谁或不帮谁！既然这块地现在有争执，我回去问过老爷再说！"

纪总管说完，回身就走。天尧瞪了云翔一眼，也跟着离去。

云翔怔了怔，对云飞匆匆地挥了挥拳头，恨恨地说：

"好！我们走着瞧！"

说完，也追着纪总管和天尧而去。

阿超看着三人的背影，回头问云飞：

"我们是不是应该赶回家，抢在二少爷前面，去跟老爷谈谈？"

云飞摇摇头。

"让他去吧！除非我能找到萧家的五个子女，否则，我要这块地做什么？"他一弯腰，从地上抬起"寄傲山庄"的横匾，看了看，"好字！应该是个怀才不遇的读书人吧！"

云飞走入废墟，四面观望，不胜怆恻，忽然看到废墟中有一样东西，再弯腰拾起，是那个已经烧掉一半的小兔儿，眼前不禁浮起小五欢呼"小兔儿！"破涕为笑的模样。

"唉！"他长叹一声，抬头看阿超，"你不是说这附近还有一家姓杜的老夫妻吗？我们问问去！我发誓，要找到这五个兄弟姊妹！"

云飞很快地找到了杜爷爷和杜奶奶，也知道了寄傲山庄烧毁之后的情形。没有耽搁，他们回到桐城，直奔"圣心医院"，就在那间像"难民营"一样的大病房里，看到了小三、小四和小五。

小五坐在病床上，手腕和额头都包着纱布，但是，已经恢复了精神。小三和小四，围着病床，跟她说东说西，指手画脚，逗她高兴。

云飞和阿超快步来到病床前。云飞看着三个孩子，不胜怆恻。

"小三，小四，小五，还记得我吗？"云飞问。

小五眼睛一亮，高兴地大喊：

"大哥！会游泳的大哥！"

"我记得，当然记得！"小三跟着喊。

小四好兴奋：

"你们怎么知道我们在这儿？"

"好不容易！找了好久……"云飞凝视着三个孩子，"你们的事我都知道了！"

小三立即伸手，把云飞的衣袖一拉，云飞偏过头去，小三在他耳边飞快地说：

"小五还不知道爹已经……那个了，不要说出来！"

云飞怔了怔，心里一惨，四面看看：

"你们的两个姊姊呢？怎么没看见？"

小三和小四就异口同声地说：

"在待月楼！"

待月楼又是宾客盈门，觥筹交错的时候。

云飞和阿超挤了进来，小范一边带位，一边说：

"两位先生这边坐，对不起，只有旁边这个小桌子了，请凑合凑合！这几天生意实在太好了。"

云飞和阿超在一个角落上坐下。

"两位要喝点酒吗？"

云飞看着一屋子的笑语喧哗，好奇地问：

"你们生意一直这么好吗？"

"都亏萧家姊妹……"小范笑着，打量云飞和阿超，"二位好像是第一次来待月楼，是不是也听说了，来看看热闹的？"忍不住就由衷地赞美，"她们真的不简单，真的好，值得二位来一趟……"

云飞来不及回答，金银花远远地拉长声音喊：

"小范！给你薪水不是让你来聊天的！赶快过来招呼周先生！"

小范急忙把菜单往阿超手里一塞：

"两位先研究一下要吃什么，我去去就来！"就急匆匆地走了。

阿超惊愕地看云飞：

"这是怎么回事？好像全桐城的人，都挤到这待月楼里来了！"

云飞看看那座无虚席的大厅，也是一脸的惊奇。

龚师傅拎着他的胡琴出场了，他这一出场，客人已经报以热烈的掌声。龚师傅走到台前，对客人一鞠躬，大家再度鼓掌。龚师傅坐定，开始拉琴。早有另外数人，弹着乐器，组成一个小乐队。这种排场，云飞和阿超都见所未见，更是惊奇。

喝酒作乐赌钱的客人们都安静下来。谈天的停止谈天，赌钱的停止赌钱。

接着，雨凤那熟悉的嗓音，就甜甜地响了起来，唱着：

"当家的哥哥等候我，梳个头，洗个脸，梳头洗脸看花灯……"

雨凤一边唱着，一边从后台奔出，她穿着红色的绣花短衣，葱花绿的裤子，纤腰一握。头上环佩叮当，脸上薄施脂粉，眼一抬，秋波乍转，简直是艳惊四座。

雨鹃跟着出场，依然是男装打扮，俊俏无比，唱着：

"叫老婆别啰嗦，梳什么头？洗什么脸？换一件衣裳就算喽！"

客人们哄然叫好，又是掌声，又是彩声。

云飞和阿超看得目瞪口呆。

台上的雨凤和雨鹃，已经不像上次那样生硬，她们有了经验，有了金银花的训练，现在知道什么是表演了，知道观众要什么了。有着璞玉般的纯真，又有着青春和美丽，再加上那份天赋的好歌喉，她们一举手一投足，一抬眼一微笑，一声唱一声和，都博得满堂喝彩。雨凤继续唱：

"适才打开梳头盒，乌木梳子发上梳，红花绿花戴两朵，胭脂水粉脸上抹。红裓子绣蓝花，红绣鞋绿叶拔，走三走，压三压，见了当家的把礼下……"对雨鹃弯腰施礼："去看灯喽！"

"去看灯喽！"

两人手携着手，作观灯状，合唱：

"东也是灯，西也是灯，南也是灯来北也是灯，四面八方全是灯……"

又分开唱：

"这班灯刚刚过了身，那边又来一班灯！观长的……"

"是龙灯！"

"观短的……"

"狮子灯！"

"虾子灯……"

"犁弯形！"

"螃蟹灯……"

"横爬行！"

"鲤鱼灯……"

"跳龙门！"

"乌龟灯……"

又合唱：

"头一缩，头一伸，不笑人来也笑人，笑得我夫妻肚子疼！"

合唱完了，雨鹃唱：

"冲天炮，放得高，火老鼠，满地跑！哟！哟！不好了，老婆的裤脚烧着了……"

雨凤接着唱：

"急忙看来我急忙找，我的裤脚没烧着！砍头的你笑什么？不看灯你净瞎吵，险些把我的魂吓掉……"

唱得告一段落，客人们掌声雷动。

云飞和阿超，也忘形地拼命鼓掌。

金银花在一片喧闹声中上了台。左手拉雨凤，右手拉雨鹃，对客人介绍：

"这是萧雨凤姑娘，这是萧雨鹃姑娘，她们是一对姊妹花！"

客人报以欢呼，掌声不断。金银花等掌声稍歇，对大家继续说：

"萧家姊妹念过书，学过曲，是大户人家的女儿，因为生活困难才出来唱小曲，大家觉得她们唱得好，就不要小气，台前的小篮子里，随便给点赏！不方便给赏，待月楼还是谢谢大家捧场！下面，让萧家姑娘继续唱给大家听！"

金银花说完，满面春风地走下台。

郑老板首先走上前去，在篮子里放下一张纸钞。

一时间，好多客人走上前去，在小篮子里放下一些零钱。

雨凤、雨鹃又继续唱《夫妻观灯》。

云飞伸手掏出了钱袋，看也不看，就想把整个钱袋拿出去。阿超伸手一拦：

"我劝你不要一上来就把人家给吓跑了！听曲儿给小费也有规矩，给太多会让人以为你别有居心……"

云飞立刻激动起来：

"我是别有居心，我不知道怎样才能还人家一个寄傲山庄，还人家一个爹，还人家一个健康的妹妹，和一个温暖的家！再有……能够让她们回到瀑布下面去唱，而不是在酒楼里唱！"

"我知道，可是……"阿超不知道该怎么措辞，不说了。

云飞想想，点头：

"你说得有理。"

他沉吟了一下，仍然舍不得少给，斟酌着拿出两块银元，走上前去，放进篮子里。两块银元叮当地一响，落进篮子里，实在数字太大了，引来前面客人一阵惊叹。大家伸长脖子看，是哪一位阔少的手笔。

台上，雨凤、雨鹃也惊动了，看了看那两块钱，再彼此互看一眼。

雨凤惊愕地一回头，眼光和云飞接了个正着。心脏顿时怦地一跳，脸孔蓦然一热，心里讶然地惊呼：

"怎么？是他？"

5

　　姊妹俩唱完了《夫妻观灯》，两人奔进后台化妆间。雨鹃一反身就抓住雨凤的手，兴奋地喊：

　　"你看到了吗？居然有人一出手就是两块钱的小费！"

　　雨凤不能掩饰自己的激动，低声说：

　　"我……认识他！"

　　雨鹃好惊讶，对当初匆匆一见的云飞，早已记忆模糊了：

　　"你认识他？你怎么会认识一个这样阔气的人？什么时候认识的？怎么没有告诉我？"

　　"事实上，你也见过他的……"

　　雨凤话还没说完，有人敲了敲房门，接着，金银花推门而入，她手里拿着那个装小费的篮子，身后，赫然跟着云飞和阿超。

　　"哎！雨凤雨鹃！这两位先生说，和你们是认识的，想要见见你们，我就给你们带来了！"金银花说着，把小篮子放在化妆桌上，用征询的眼光看雨凤。

雨凤忙对金银花点点头，金银花就一笑说：

"不要聊太久，客人还等着你们唱下一支歌呢！让你们休息半小时，够不够？"

雨凤又连忙点头，金银花就一掀门帘出去了。

房内，云飞凝视雨凤，千言万语，不知从何说起。

"还记得我吗？"半天，他才问。

雨凤拼命点头，睁大眼睛盯着他：

"记得，你……怎么这么巧？你们到这儿来吃饭吗？"

"我是特地到这儿来找你们的！"云飞坦白地说。

"哦？"雨凤更加惊奇了，"你怎么知道我们在这儿？"

"那天，在水边遇到之后，我就一直想去看看你们，不知道你们好不好。但是，因为我自己也刚到桐城，好多事要办，耽误到现在，等我打听你们的时候，才知道你家出了事！"云飞说，眼光温柔而诚恳，"我到寄傲山庄去看过，我也见过了杜老先生，知道小五受伤，然后，我去了圣心医院，见到小三小四和小五，这才知道你们两个在这儿唱歌！"

雨凤又困惑，又感动，问：

"为什么要这样费事地找我们？"

云飞没料到雨凤有此一问，怔了怔，说：

"因为……我没有办法忘记那一天！人与人能够相遇，是一种缘分，经过在水里的那种惊险场面，更有一种共过生死患难的感觉，这感觉让我念念难忘！再加上……我对你们姊弟情深，都不会游泳，却相继下水的一幕，更是记忆深刻！"

雨凤听着云飞的话，看着他真挚诚恳的神情，想到那个难忘的日子，心里一阵激荡，声音里带着难以克制的痛楚：

"那一天是四月四日，也是我这一生中，永远无法忘记的日子！我后来常想，那天，是我们家命中无法逃避的'灾难日'，简直是'水深火热'。早上，差点淹死，晚上，寄傲山庄就失火了！"

云飞想着云翔的恶劣，想着展家手上的血腥，冲口而出：

"我好抱歉，真对不起！"

雨凤怔怔地看着他：

"为什么要这样说？你已经从水里把我们都救起来了，还抱歉什么？"

云飞一愣，才想起雨凤根本不知道他是展家的大少爷，他立刻掩饰地说：

"我是说你们家失火的事，我真的非常懊恼，非常难过……如果我当天就找寻你，如果我那晚不参加宴会，如果我积极一点，如果……人生的事，都是只要加上几个'如果'，整个的'后果'就都不一样了！如果那样……可能你家的悲剧不会发生！"

一直站在旁边，好奇地倾听着的雨鹃，实在忍不住了，就激动地插口说：

"你根本不知道那天晚上发生了些什么事。我们家不是'失火'，是被人放了一把火，就算有你那些'如果'，我们还是逃不过这场劫难的！只要那个祸害一日不除，桐城的灾难还会继续下去！谁都阻止不了！所以，你不用在这儿说抱歉了！我不知道那天早上，你对我姊姊妹妹们做了些什么，但是，我铁定晚上的事，你是无能为力的！"说着，就咬牙切齿起来，"但是，总有一天，我们会讨还这笔血债！"

雨鹃眼中的怒火，和那种深深切切的仇恨，使云飞的心脏，猛地抽搐了一下。

"雨鹃！你……少说几句！"雨凤阻止地说。

雨鹃回过神来，立即压制住自己的激动，对云飞勉强一笑：

"对不起，打断你跟我姊姊的谈话了。雨凤最不喜欢我在陌生人面前，表露我们的心事……不过，你是陌生人吗？"她看着这个出手豪阔，恂恂儒雅的男人，心里涌上一股好感："我们该怎么称呼你呢？"

云飞一震，这么简单的问题，竟使他慌张起来。他犹豫一下，很快地说：

"我……我……我姓苏！"

阿超忍不住瞪了他一眼，他只当没看见。

"原来是苏先生！"雨鹃再问，"苏……什么呢？"

"苏……慕白，我的名字叫慕白，羡慕的慕，李白的白。"

雨凤微笑接口：

"苏轼的苏？"

云飞又怔了一下，看着雨凤，点了点头：

"对！苏轼的苏！"

"好名字！"雨凤笑着说。

阿超就走上前来，看了云飞一眼，对姊妹二人自我介绍：

"我是阿超！叫我阿超就可以了！我跟着我们……苏少爷，跟了十几年了！"

云飞跟着解释：

"他等于是我的兄弟、知己和朋友！"

金银花在外面敲门了：

"要准备上场啰！"

雨凤就急忙对云飞说：

"对不起，苏先生，我们要换衣服了！不能跟你多谈了……"忽然抓起篮子里的两块钱，往云飞面前一放："这个请收回去，好不好？"

云飞迅速一退：

"为什么？难道我不可以为你们尽一点心意？何必这样见外呢？"

"你给这么多的小费，我觉得不大好！我们姊妹可以自食其力，虽然房子烧了，虽然父亲死了，我们还有自尊和骄傲……如果你看得起我们，常常来听我们的歌就好了！"

云飞急了：

"请你不要把我当成一般的客人好不好？请你把我看成朋友好不好？难道朋友之间，不能互相帮助吗？我绝对不想冒犯你，只是真心真意地想为你们做一点事！如果你退回，我会很难过，也很尴尬的！"

雨凤想了想，叹口气：

"那……我就收下了，但是，以后，请再也不要这样做了！"

"好，就这么说定！我走了，我到外面去听你唱歌！"云飞说完，就带着阿超，急急地走了。

云飞和阿超一走，雨鹃就对雨凤挑起眉毛，眨巴眼睛：

"唔，我闻到一股'浪漫'的味道……"就对着雨凤，唱了起来："郎对花，妹对花，一对对到田埂下，丢下了种子，发了一棵芽……"

雨凤脸一红：

"你别闹了，赶快换衣服吧！"

"是！外面还有人等着看，等着听呢！"雨鹃应着。

雨凤一慌，掉头跑去找衣服了。心里却漾着一种异样的情绪，苏慕白，苏慕白！这个名字和这个人，已经深深地镌刻在她心上了。

第二天，雨凤提着一个食篮，雨鹃抱着许多水果，到医院来照顾小五。两人一走进那间"难民营"，就呆住了。只见小五的病床，空空如也，被单也收拾得干干净净。

姊妹俩惶惑四顾，也不见小三小四踪影。雨凤心脏咚地一跳，害怕起来：

"小五呢？怎么不见了？"

"小三和小四呢？他们去哪里了？"雨鹃急忙问隔壁的病人，"对不起，你看到我的妹妹了吗？那个被烫伤的小姑娘？"

"昨天还在，今天不见了！"

"怎么会不见呢？我们没有办出院，钱也没有缴，怎么会不见……"雨鹃着急。

这时，有个护士急急走来：

"两位萧姑娘不要着急，你们的妹妹已经搬到楼上的头等病房里去了！在二〇三号病房，上楼右转就是！"

雨凤、雨鹃惊愕地相对一看：

"头等病房？"

两人赶紧冲上楼去，找到二〇三病房，打开房门，小三、小四就兴奋地叫着，迎上前来，小四高兴地说：

"大姊，二姊，我们搬到这么漂亮的房间里来了！晚上，不用再被别的病人哼啊哎啊的，闹得整夜不能睡了！"

小三也忙着报告：

"你们看，这里还有一张帆布床，护士说，晚上我们陪小五的时候，可以拉开来睡！这样，我们就不会半夜从椅子上摔下来了！"

小五坐在床上，看来神清气爽，精神很好，也着急地插嘴：

"护士姊姊今天给我送鸡汤来耶！好好吃啊！"

"我也跟着喝了一大碗！"小四说。

"我也是！"小三说。

雨凤把手里的东西放在桌上，四面看看，太惊讶了：

"这是怎么一回事？"她看着雨鹃："我们不是还欠医院好多钱吗？医药费没付，他们怎会给我们换头等病房？"

雨鹃也放下东西，不可思议地接口：

"还喝鸡汤？难道他们未卜先知，知道我们今天终于筹到医药费了？"

小三欢声地喊：

"你们不要着急了，小五的医药费，已经有人帮我们付掉了！"

"什么？"雨凤一呆。

"那两个大哥呀！就是在瀑布底下救我们的……"小四解释。

"慕白大哥和阿超大哥！"小五笑着喊，一脸的崇拜。

姊妹俩面面相觑。雨鹃瞪着雨凤，怀疑地问：

"我觉得……这件事有点离谱了！你到底跟他怎样？落水那天不是第一次见面，对不对？"

"这是什么话？"雨凤一急，"我哪有跟他怎样？我发誓，落水那天才第一次见面，昨晚他来的时候，你不是在旁边听得清清楚楚的吗？根本等于不认得嘛！"

雨鹃不信地看她：

"这不是太奇怪了！一个不认得的人，会到处打听我们的消息，到待月楼来听我们唱歌，到医院帮小五搬病房，付医药费，还订鸡汤给小五喝，花钱像流水……"她越想越疑惑，对雨凤摇头："你骗我，我不相信！"

"真的真的！"雨凤急得不得了，"我也不知道他是怎么回事！可是，我用爹娘的名誉发誓，我真的不认得他们，真的是落水那天，第一次见面……到昨天晚上，才第二次见到他……"

雨鹃一脸的不以为然，打断了她：

"其实，只要你自己知道你在做什么，我无所谓！老实告诉你，如果金银花不收留我们，那天，我已经做了最坏的打算……"

"什么打算?"

"我准备把自己卖了!如果不卖到绮翠院去,就卖给人家做丫头,做小老婆,做什么都可以!"

雨凤愣了愣才会过意来,不禁大大地受伤了:

"你的意思是说,我已经把自己卖给他了!你……未免太小看我了,昨晚,那两块钱的小费,我就一直要退还给人家……"想想,一阵委屈,眼泪就滚落出来:"就是想到今天要付医药费,不能再拖了,这才没有坚持下去……人,就是不能穷嘛,不能走投无路嘛,要不然,连自己的亲妹妹都会看不起你……"

雨鹃在自己脑袋上狠狠地敲了一记,沮丧地喊:

"我笨嘛!话都不会说!我不是那个意思,我怎么会小看你?我只是想弄清楚是怎么一回事,你跟我解释明白就好了!我举那个例,举得不伦不类,你知道我说话就是这样不经过大脑的!其实……我对这个苏先生印象好得不得了,长得漂亮,说话斯文,难得他对我们全家又这么有心……你就是把自己卖给他,我觉得也还值得,你根本不必瞒我……"

雨凤脚一跺,百口莫辩,气坏了:

"你看你!你就是咬定我跟他不干不净,咬定我把自己卖给他了!你……你气死我了……"

小三急忙插到两个姊姊中间来:

"大姊,二姊,你们怎么了吗?有人帮我们是好事,你们为什么要吵架呢?"

小四也接口:

"我保证，那个苏大哥是个好人！"

雨凤对小四一凶：

"我管他是好人还是坏人！他是好人还是坏人关我什么事？我去挂号处，我把小五搬回去！"

雨凤说完，就打开房门，往外冲去，不料，竟一头撞在一个人身上。她抬头一看，撞到的人不是别人，赫然是让她受了一肚子冤枉气的云飞。

云飞愕然地看着面有泪痕的雨凤，紧张起来：

"怎么了？发生什么事了？"

雨凤愣了一下，顿时爆发了：

"又是你！你为什么要跟着我？为什么要付医药费？为什么给小五换房间？为什么自作主张做你分外的事，为什么让我百口莫辩？"

云飞惊愕地看着激动的雨凤。雨鹃已飞快地跑过来：

"苏先生你别误会，她是在跟我发脾气！"就瞪着雨凤说："我跟你说清楚，我不管你有多生气，小五好不容易有头等病房可住，我不会把她搬回那间'难民营'去！现在不是你我的尊严问题，是小五的舒适问题！"

雨凤为之气结：

"你……要我怎么办？"

"我对你已经没有误会了，只要你对我也没误会就好了！至于苏先生……"雨鹃抬头，歉然地看云飞，"可能，你们之间还有些误会……"

云飞听着姊妹两个的话，心里已经明白了。他看着雨凤，柔声地，诚挚地问：

"我们可不可以到外边公园里走走？"

雨凤在云飞这样的温柔下，惶然失措了。雨鹃已经飞快地把她往门外推，嘴里一迭连声地说：

"可以，可以，当然可以！"

结果，雨凤就糊里糊涂地跟着云飞，到了公园。

走进了公园，两人都很沉默。走到湖边，雨凤站住了，云飞就也站住了。

雨凤心里，汹涌澎湃地翻腾着懊恼。她咬咬牙，回头盯着他，开口了：

"苏先生！我知道你家里一定很有钱，你也不在乎花钱，你甚至已经习惯到处挥霍，到处摆阔！可是我和你非亲非故，说穿了，就是根本不认得！你这样在我和我的姊妹面前，一次又一次地花钱用心机，你的目的到底是什么？你最好告诉我！让我在权利和义务之间，有一个了解！"

云飞非常惊讶，接着，就着急而受伤了：

"你为什么要说得这么难听？对，我家里确实很有钱，但是，我并不是你想象的纨绔子弟，到处挥金如土！如果不是在水边碰到你们这一家，如果不是被你们深深感动，如果不是了解到你们所受的灾难和痛苦，我根本不会过问你的事！无论如何，我为你们所做的一切，不应该是一种罪恶吧！"

雨凤吸了一口气：

"我没有说这是罪恶，我只是说，我承担不起！我不知道要怎样来还你这份人情！"

"没有人要你还这份人情，你大可不必有心理负担！"

"可是我就有！怎么可能没有心理负担呢？你是'施恩'的人，自然不会想到'受恩'的人，会觉得有多么沉重！"

"什么'施恩''受恩'，你说得太严重了！但是，我懂了，让你这么不安，我对于我的所作所为，只有向你说一声对不起！"

云飞说得诚恳，雨凤答不出话来了。云飞想想，又说：

"可是，有些事情，我会去做，我一定要跟你解释一下。拿小五搬房间来说，我知道，我做得太过分了，应该事先征求你们姊妹的同意。可是，看到小五在那个大病房里，空气又不好，病人又多，她那么瘦瘦小小，身上有伤，已经毫无抵抗力，如果再从其他病人身上，传染上什么病，岂不是越住医院越糟吗？我这样想着，就不想耽误时间，也没有顾虑到你的感觉，说做就做了！"

雨凤听到他这样的解释，心里的火气，消失了大半。可是，有很多感觉，还是不能不说：

"我知道你都是好意，可是，我有我的尊严啊！"

"我伤了你的尊严吗？"

"是！我是在这样的教育下长大的，我爹和我娘，在我们很小的时候，就让我们了解，人活着，除了衣食住行以外，还有尊严。自从我家出事以后，我也常常在想，'尊严'这玩意，其实是一种负担。衣食住行似乎全比尊严来得重要，可是，尊严已经根深蒂固，像我的血液一样，跟我这个人结合在一起，分割不开了！或者，这是我的悲哀吧！"

云飞被这篇话深深撼动了，怎样的教养，才有这样的雨凤？尊严，不是每一个人都有"深度"来谈它，都有"气度"来提它。他凝视她，诚恳地说：

"我承认，我不应该自作主张，我确实没有考虑到你的心态和立场，是我做错了！我想……你说得对，从小，我家有钱，有一段时间，我的职业就是做'少爷'，使我太习惯用钱去摆平很多事情！可是，请相信我，我也从'少爷'的身份中跳出去过，只是，积习难改。如果，我让你很不舒服，我真的好抱歉！"

雨凤被他的诚恳感动了，才发现自己咄咄逼人，对一个多方帮助自己的人，似乎太严厉了。她不由自主，语气缓和，声音也放低了：

"其实，我对于你做的事，是心存感激的。我很矛盾，一方面感激，一方面受伤。再加上，我连拒绝的'资格'都没有，我就更加难过……因为，我也好想让小五住头等病房啊！我也好想给她喝鸡汤啊！"

云飞立刻好温柔地接口：

"那么，请你暂时把'尊严'忘掉好不好？请继续接受我的帮助好不好？我还有几百个几千个理由，要帮助你们，将来……再告诉你！不要让我做每件事之前，都会犹豫，都会充满了'犯罪感'好不好？"

"可是，我根本不认得你！我对你完全不了解！"

云飞一震，有些慌乱，避重就轻地回答：

"我的事，说来话长……我是家里的长子，下面还有一个弟弟……"

"你有儿女吗？"雨凤轻声问，事实上，她想问的是，你有老婆吗？

"哦！"云飞看看雨凤，心里掠过一阵痛楚，映华，那是心里永恒的痛。他深吸了一口气，坦白地说："我在二十岁那年，奉父母之命结婚，婚前，我从没有见过映华。但是，婚后，我们的感情非常好。谁知道，一年之后，映华因为难产死了，孩子也没留住。从那时候起，我对生命、爱情、婚姻全部否决，过了极度消沉的一段日子。"

雨凤没想到是这样，迎视着云飞那仍然带着余痛的眼睛，她歉然地说：

"对不起，我不该问的。"

"不不，你该问，我也很想告诉你。"他继续说，"映华死后，家里一直要为我续弦，都在我强烈的抗拒下取消。然后，我觉得家庭给我的压力太大，使我不能呼吸，不能生存，我就逃出了家庭，过了将近四年的流浪生活，一直没有再婚。"他看着雨凤，"我们在水边相遇那天，就是我离家四年之后，第一次回家。"

雨凤脸上的乌云都散开了。

"关于我的事，不是三言两语说得完的！如果你肯接受我作为你的朋友，让时间慢慢来向你证明，我是怎样一个人，好不好？目前，不要再排斥我了，好不好？接受我的帮助，好不好？"

雨凤的心，已经完全柔软了，她就抬头看天空，轻声地，商量地问：

"爹，好不好？"

云飞被她这个动作深深感动了：

"你爹，他一定是一个很有学问、很有深度的人！他一定会一迭连声地说：'好！好！好！'"

"是吗？"雨凤有些犹疑，侧耳倾听，"他一定说得好小声，我都听不清楚……"她忍不住深深叹息，"唉！如果爹在就好了，他不只有学问有深度，他还是一个重感情、有才华的音乐家！他热爱生命、热爱自然，他常常说，溪口那个地方，像个天堂。是的，那是我们的天堂。失去的天堂。"

云飞震撼极了，凝视着她，心里一片绞痛。展家手上的血腥，洗得掉吗？自己这个身份，藏得住吗？他大大一叹，懊恼极了：

"不知道为什么老早没有认识你爹，如果我认识，你爹的命运一定不会这样……对不起，我的'如果'论又来了！"

雨凤忍不住微微一笑。

云飞被这个微笑深深吸引：

"你笑什么？"

"你好像一直在对我说'对不起'。"雨凤就柔声地说，"不要再说了！"

云飞目不转睛地盯着她：

"我确实对你有好多个'对不起'，如果你觉得不需要说，是不是表示你对我的鲁莽，已经原谅了？"

雨凤看着他，此时此刻，实在无法矜持什么尊严了，她就又微笑起来。

云飞眼看那个微笑，在她晶莹剔透的眼睛中闪耀，在她柔和的嘴角轻轻地漾开。就像水里的涟漪，慢慢扩散，终于遍布在那清丽的脸庞上。那个微笑，那么细腻，那么女性，那么温柔，又那么美丽！他不由自主地，就醉在这个笑容里了。心里朦胧地想着：真想，真想……永远留住这个微笑，不让它消失！展家欠了她一个天堂，好想，好想……还给她一个天堂！

云飞这种心事，祖望是怎样都无法了解的。事实上，对云飞这个儿子，他从来就没有了解过。他既弄不清他的思想，也弄不清他的感情，更弄不清他生活的目的、他的兴趣和一切。只是，云飞从小就有一种气质，他把这种气质称为"高贵"，这种气质，是他深深喜爱的，是云翔身上找不到的。就为了这种气质，他才会一次又一次原谅他、接纳他。在他离开家时，不能不思念他。可是，现在，他很迷糊，难道离家四年，云飞把他的"高贵"，也弄丢了吗？

"我就弄不懂，家里那么多的事业，粮食店、绸缎庄、银楼……就算你要钱庄，我们也可以商量，为什么你都不要，就要溪口那块地？"他烦躁地问。

"如果我其他的都要，就把溪口那块地让给云翔，他肯不肯呢？"云飞从容地问。

祖望怔了怔，看云飞：

"你真奇怪，一下子你走得无影无踪，什么都不要，一下子你又和云翔争得面红耳赤，什么都要！你到底是怎么回事？我越来越不了解你了！"

云飞叹了口气：

"我跟你说实话，这次我回家，本来预备住个两三个月就走，主要是回来看看你和娘，不是回来和云翔争家产的！"

祖望困惑着：

"我一直没有问你，这四年，你在外面到底做些什么？"

"我和几个朋友，在上海、广州办了两家出版社，还出了一份杂志，叫作《新潮》，你听过吗？"

"没听过！"

"你大概也没听过，有个人名叫'苏慕白'？苏轼的苏，羡慕的慕，李白的白！"云飞再问。

"没听说过！我该认得他吗？他干哪一行的？"祖望更加困惑。

"他……"云飞欲言又止，"你不认得他！反正，这些年我们办杂志、出书，过得非常自在。"

"是你想过的生活吗？"

"是我想过的生活！"

"那么，你的意思是说，如果我对你的安排，不能让你满意，你就走了，是不是？"祖望有些担心起来。

"差不多。"

"你简直是在要挟我！"

云飞看着父亲，也很困惑地说：

"我也不了解你，你已经有了云翔，他能够把你所有的事业，越做越大，那么，你还在乎我走不走？我走了，不是家里平静许多吗？"

"你说这个话，实在太无情了！"祖望好生气。

云飞不语。祖望背着手，在屋子里走来走去，心烦意乱，忽然站定，盯着他：

"你知道，溪口那块地是云翔整整花了两年时间，说服了几十家老百姓，给他们搬迁费，让他们一家家搬走！他这两年，几乎把所有的心力，都投资在溪口，你何必跟他过不去呢？"

云飞心里一气，顿时激动起来：

"是啊！他说服了几十家老百姓，让他们放弃自己心爱的家园，包括祖宗的墓地！爹，你对中国人那种'故乡'观念，应该是深有体会的！那么，你有没有想过，云翔到底用什么方式，让那些在这儿住了好几代的老百姓，一个个搬走？他怎会有这么大的力量？你想过没有？你问过没有？还是你根本不想知道？"

祖望被云飞这一问，就有些心惊肉跳了，睁大眼睛看他：

"所以，我看到你回来，才那么高兴啊！"

云飞不敢相信地看着父亲：

"你知道？对于云翔的所作所为，你都知道？"

"不是每件都知道，但是，多少会了解一些！我毕竟不是一个木头人。"他咬了咬牙，"其实，云翔会变成这样，你也要负相当大的责任！在你走了之后，我以为，我只剩下一个儿子了，难免处处让着他，生怕他也学你，一走了之！人老了，就变得脆弱了！以前那个强硬的我，被你们两个儿子，全磨光了！"

云飞十分震动地看着祖望，没料到父亲会说出这样一番话来，这带给他非常巨大的震撼。父子两人，就有片刻不语，只是深深互视。

片刻后，云飞开了口，声音里已经充满了感情：

"爹，你放心，我回来这些日子，已经了解了太多的事情，我答应你，我会努力在家里住下去，努力加入你的事业。可是，溪口那块地，一定要交给我处理！我们家，不缺钱，不缺工厂……让我们为后世子孙，积点阴德吧！"

祖望有些感动，有些惊觉。可是，仍然有着顾忌：

"你要定了那块地？"

"是，我要定了那块地！"云飞坚决地说。

"你要拿它做什么？"

"既然给了我，就不要问我拿它做什么。"

"这……我要想一想，我不能马上答应你，我要研究研究。"

"我还有事，急着要出门……在你研究的时候，有一本书，不知道你愿不愿意看一看？"云飞说。

"什么书？"

云飞走向书桌，在桌上拿起一本书，递给祖望。祖望低头一看，封面上印着："生命之歌"。

书名下，有几个小字："苏慕白著"。

祖望一震抬头。

云飞已飘然远去。

6

待月楼中，又是一片热闹，又是宾客盈门，又是觥筹交错。客人们兴高采烈地享受着这个晚上，有的喝酒猜拳，有的掷骰子，有的推牌九。也有的醉翁之意不在酒，只为了雨凤雨鹃两个姑娘而来。

云飞和阿超坐在一隅，这个位子，几乎已经变成他们的包厢，自从那晚来过待月楼，他们就成了待月楼的常客。两人都全神贯注地看着台上。

雨凤、雨鹃唱完了第一场，宾客掌声雷动。

台前正中，郑老板和他的七八个朋友正在喝酒听歌。金银花打扮得明艳照人，在那儿陪着郑老板说说笑笑。满桌客人，喧嚣鼓掌，对雨凤雨鹃大声叫好，品头论足，兴致高昂。看到两姊妹唱完，一位高老板对金银花说：

"让她们姊妹过来，陪大家喝一杯，怎样？"

金银花看郑老板，郑老板点头。于是，金银花上台，揽住了正要退下的两姊妹：

"来来来！这儿有好几位客人，都想认识认识你们！"

雨凤、雨鹃只得顺从地下台，来到郑老板那桌上。金银花就对两姊妹命令似的说：

"坐下来！陪大家喝喝酒，说说话！雨凤，你坐这儿！"指指两位客人间的一个空位。"雨鹃！你坐这儿！"指指自己身边的位子。"小范！添碗筷！"

小范忙着添碗筷，雨凤、雨鹃带着不安，勉强落座。

那个色眯眯的高老板，眉开眼笑地看着雨凤，斟满了雨凤面前的酒杯：

"萧姑娘，我连续捧你的场，已经捧了好多天了，今天才能请到你来喝一杯，真不简单啊！"

"是啊！金银花把你们两个保护得像自己的闺女似的，生怕被人抢走了！哈哈哈！"另一个客人说，高叫，"珍珠！月娥！快斟酒来啊！"

珍珠、月娥大声应着，酒壶酒杯菜盘纷纷递上桌。

云飞和阿超不住对这桌看过来。

高老板拿起自己的杯子，对雨凤说：

"我先干为敬！"一口干了杯子，把雨凤面前的杯子往她手中一塞。

"轮到你了！干杯干杯！"

"我不会喝酒！"雨凤着急了。

"哪有不会喝酒的道理！待月楼是什么地方？是酒楼啊！听说过酒楼里的姑娘不会喝酒吗？不要笑死人了！是不是我

高某人的面子不够大呢？"高老板嚷着，就拿着酒杯，硬凑到她嘴边去，"我是诚心诚意，想交你这个朋友啊！"

雨凤又急又气，拼命躲着：

"我真的不会喝酒……"

"那我是真的不相信！"

金银花看着雨凤，就半规劝半命令地说：

"雨凤，今天这一桌的客人，都是桐城有头有脸的人物，以后，你们姊妹，还要靠大家支持！高老板敬酒，不能不喝！"回头看高老板："不过，雨凤是真的不会喝，让她少喝一点，喝半杯吧！"

雨凤不得已，端起杯子。

"我喝一点点好不好……"她轻轻地抿了一下酒杯。

高老板嚣张地大笑：

"哈哈！这太敷衍了吧！"

另一个客人接着大笑：

"怎么到了台下，还是跟台上一样，玩假的啊！瞧，连嘴唇皮都没湿呢！"就笑着取笑高老板："老高，这次你碰到铁板了吧！"

高老板脸色微变，郑老板急忙转圜：

"雨凤，金银花说让你喝半杯，你就喝半杯吧！"

雨凤看见大家都瞪着自己，有些害怕，勉勉强强伸手去拿酒杯。

雨鹊早已忍不住了，这时一把夺去雨凤手里的杯子，大声说：

"我姊姊是真的不会喝酒,我代她干杯!"就豪气地,一口喝干了杯子。

整桌客人,全都鼓掌叫好,大厅中人人侧目。

云飞和阿超更加注意了,云飞的眉头紧锁着,身子动了动,阿超伸手按住他:

"忍耐!不要过去!那是大风煤矿的郑老板,你知道桐城一向有两句话:'展城南,郑城北'!城南指你家,城北就是郑老板了!这个梁子我们最好不要结!"

云飞知道阿超说得有理,只得拼命按捺着自己。可是,他的眼光,就怎样都离不开雨凤那桌了。

一个肥胖的客人大笑、大声地说:

"还是'哥哥'来得爽气!"

"我看,这'假哥哥',是动了真感情,疼起'假妹妹'来了!"另一个客人接口。

"哎!你不要搞不清楚状况了,这'假哥哥'就是'真妹妹'!'假妹妹'呢?才是'真姊姊'!"

胖子就腻笑着去摸雨鹃的脸:

"管你真妹妹,假妹妹,真哥哥,假哥哥……我认了你这个小妹妹,你干脆拜我做干哥哥,我照顾你一辈子……"他端着酒去喂雨鹃。

雨鹃大怒,一伸手推开胖子,大声说:

"请你放尊重一点儿!"

雨鹃推得太用力了,整杯酒全倒翻在胖子身上。

胖子勃然大怒,跳起来正要发作,金银花娇笑着扑上去,用自己的小手帕不停地为他擦拭酒渍，嘴里又笑又骂又娇嗔地说：

"哎哟，你这'干妹妹'还没认到，就变成'湿哥哥'了！"

全桌客人又都哄笑起来。金银花边笑边说边擦：

"我说许老板，要认干妹妹也不能这样随随便便地认！她们两个好歹是我待月楼的台柱，如果你真有心，摆它三天酒席，把这桐城上上下下的达官贵人都给请来，作个见证，我就依了你！要不然，你口头说说，就认了一个干妹妹去，未免太便宜你了，我才不干呢！"

郑老板笑着，立刻接口：

"好啊！老许，你说认就认，至于嫂夫人那儿嘛……"看大家："咱们给他保密，免得又闹出上次'小金哥'的事……"

满桌大笑。胖子也跟着大家讪讪地笑起来。

金银花总算把胖子身上的酒渍擦干了，忽然一抬头，瞪着雨凤、雨鹃，咬牙切齿地骂着说：

"你们姊妹，简直没见过世面，要你们下来喝杯酒，这么扭扭捏捏，缩手缩脚！如果多叫你们下来几次，不把我待月楼的客人全得罪了才怪！简直气死我了！"

姊妹俩涨红了脸，不敢说话。

郑老板就劝解地开了口：

"金银花，你就算了吧！她们两个毕竟还是生手，慢慢教嘛！别骂了，当心我们老许心疼！"

满桌又笑起来。金银花就瞪着姊妹二人说：

"你们还不下去，杵在这儿找骂挨吗？"

雨凤、雨鹃慌忙站起身，含悲忍辱地，转身欲去。

"站住！"金银花清脆地喊。

姊妹俩又回头。

金银花在桌上倒满了两杯酒，命令地说：

"我不管你们会喝酒还是不会喝酒，你们把这两杯酒干了，向大家道个歉！"

姊妹二人彼此互看，雨凤眼中已经隐含泪光。

雨鹃背脊一挺，正要发话，雨凤生怕再生枝节，上前拿起酒杯，颤声地说：

"我们姊妹不懂规矩，扫了大家的兴致，对不起！我们敬各位一杯！请大家原谅！"一仰头，迅速地干了杯子。

雨鹃无可奈何，愤愤地端起杯子，也一口干了。姊妹二人，就急急地转身退下，冲向了后台。两人一口气奔进化妆间，雨凤在化妆桌前一坐，用手捂着脸，立刻哭了。雨鹃跑到桌子前面，抓起桌上一个茶杯，用力一摔。

门口，金银花正掀帘入内，这茶杯就直飞她的脑门，金银花大惊，眼看闪避不及，阿超及时一跃而至，伸手干脆利落地接住了茶杯。

金银花惊魂未定，大怒，对雨凤、雨鹃开口就骂：

"你们疯了吗？在前面得罪客人，在后面砸东西！你以为你们会唱两首小曲，我就会把你们供成菩萨不成？什么东西！给你们一根树枝子，你们就能爬上天？也不撒泡尿，自己照照，不过是两个黄毛丫头，有什么可神气的！"

雨鹃直直地挺着背脊，大声地说：

"我们不干了！"

"好啊！不干就不干，谁怕谁啊？"金银花叫着，"是谁说要救妹妹，什么苦都吃，什么气都受！如果你们真是金枝玉叶，就不要出来抛头露面！早就跟你们说得清清楚楚，待月楼是大家喝酒找乐子的地方，你们不能给大家乐子，你要干我还不要你干呢！"她重重地一拍桌子："要不要干？你说清楚！不干，马上走路！我那个小屋，你们也别住了！"

"我……我……我……"雨鹃想到生活问题，想到种种困难，强硬不起来了。

"你，你，你怎样？你说呀！"金银花大声逼问。

雨鹃咬紧牙关，拼命吸气，睁大眼睛，气得眼睛里冒火，却答不出话来。

站在门口的云飞，实在看不过去了，和阿超急急走了进来：

"金银花姑娘……"

金银花回头对云飞一凶：

"本姑娘的名字，不是给你叫的！我在和我待月楼的人说话，请你不要插嘴！就算你身边有个会功夫的小子，也吓唬不着我！"

雨凤正低头饮泣，听到云飞的声音，慌忙抬起头来。带泪的眸子对云飞一转，云飞心中顿时一紧。

金银花指着雨凤：

"你哭什么？这样一点点小事你就掉眼泪，你还能在江湖上混吗？这碗饭你要吃下去，多少委屈都得往肚子里咽！这么没出息，算我金银花把你们两个看走眼了！”

雨凤迅速地拭去泪痕，走到金银花面前，对她低声下气地说：

“金大姊，你别生气，我知道，你是一片好心，收留了我们，我们不是不知道感恩，实在是因为不会喝酒，也从来没有应酬过客人，所以弄得乱七八糟！我也明白，刚刚在前面，你用尽心机帮我们解围，谢谢你，金大姊！你别跟我们计较，这碗饭，我们还是要吃的！以后……”

云飞忍无可忍，接口说：

“以后，表演就是表演！待月楼如果要找陪酒的姑娘，桐城多的是！如果是个有格调的酒楼，就不要做没有格调的事！如果是个有义气的江湖女子，就不要欺负两个走投无路的人……”

云飞的话没有说完，金银花已经大怒。冲过去，指着他的鼻子骂：

“你是哪棵葱？哪棵蒜？我们待月楼不是你家的后花园，让你这样随随便便地穿进穿出！你以为你花得起大钱，我就会让你三分吗？门都没有！”一拍手喊：“来人呀！”

阿超急忙站出来：

“大家有话好说！有话好说！”

金银花一瞪阿超：

“有什么话好说？我管我手下的人，关你们什么事？要你们来打抱不平？”

雨凤见云飞无端卷进这场争执，急坏了，忙对云飞哀求地说：

"苏先生，请你回到前面去，不要管我们姊妹的事，金大姊的教训都是对的，今晚，是我们的错！"

云飞凝视雨凤，忍了忍气，大步向前，对金银花一抱拳：

"金银花姑娘，这待月楼在桐城已经有五年的历史，虽然一直有戏班子表演，有唱曲的姑娘，有卖艺走江湖的人出出入入，可是，却是正正派派的餐厅，是一个高贵的地方。也是桐城知名人士聚会和宴客的场所。这样的场所，不要把它糟蹋了！姑娘您的大名，也是人人知道的，前任县长，还给了您一个'江湖奇女子'的外号，不知是不是？"

金银花一听，对方把自己的来龙去脉，全弄清楚了，口气不凡，出手阔绰。在惊奇之余，就有一些忌惮了，打量云飞，问：

"你贵姓？"

阿超抢着回答：

"我们少爷姓苏！"

金银花皱皱眉头，苦苦思索，想不出桐城有什么姓苏的大户，一时之间，完全摸不清云飞的底细。云飞就对金银花微微一笑，不亢不卑地说：

"不用研究我是谁，我只是一个默默无名的人，和你金银花不一样。我知道我今晚实在冒昧，可是，萧家姊妹和我有些渊源，我管定了她们的事！我相信你收留她们，出自好意，你的侠义和豪放，尽人皆知。那么，就请好人做到底，多多照顾她们了!"

金银花不能不对云飞深深打量:

"说得好,苏先生!"她眼珠一转,脸色立刻改变,嫣然一笑,满面春风地说:"算了算了!算我栽在这两个丫头手上了!既然有苏先生出面帮着她们,我还敢教训她们吗?不过呢……酒楼就是酒楼,不管是多么高尚的地方,三教九流,可什么样的人都有!她们两个又是人见人爱,如果她们自己不学几招,只怕我也照顾不了呢!"

雨凤急忙对金银花点头,说:

"我们知道了!我们会学,会学!以后,不会让你没面子了!"

"知道就好!现在打起精神来,准备下面一场吧!"她看雨凤,"给我唱得带劲一点,别把眼泪带出去!知道吗?干我们这一行,眼泪只能往肚子里咽,不能给别人看到的!"

雨凤听着,心中震动。是啊,已经走到这一步,打落牙齿也要和血吞。欢笑是带给客人的,眼泪是留给自己的。当下,就擦干眼泪,心悦诚服地说:

"是!"

金银花走到雨鹃身边,在她肩上敲了一下:

"你这个毛躁脾气,跟我当年一模一样,给你一句话,以后不要轻易说'我不干了',除非你已经把所有的退路都想好了!"

雨鹃也震动了,对金银花不能不服,低低地说:

"是!"

金银花再对云飞一笑：

"外面大厅见！"她转身翩然而去。

金银花一走，雨鹃就跌坐在椅子里，吐出一口长气：

"怄得我差点没吐血！这就叫作'人在屋檐下，不得不低头'！"

云飞就对姊妹二人郑重地说：

"我有一个提议，真的不要干了！"

"这种冲动的话，我说过一次，再也不说了！小四要上学，小五要治病，一家五口要活命，我怎样都该忍辱负重，金银花说得对，我该学习的，是如何在这种环境下，生存下去！"雨鹃说。

云飞还要说话，雨凤一拦：

"请你出去吧！"她勇敢地挺着背脊："如果你真想帮助我们，就让我们自力更生！再也不要用你的金钱，来加重我们的负担了！那样，不是在帮我们，而是在害我们！"

云飞深深地看着雨凤，看到她眼里那份脆弱的高傲，就满心怜惜。虽然有一肚子的话想说，却一句都不敢再说，生怕自己说错什么，再给她另一种伤害。他只有凝视着她，眼光深深刻刻，心里凄凄凉凉。

雨凤迎视着他的眼光，读出了他所有的意思，心中怦然而动了。两人就这样默默地对视着，一任彼此的眼光，交换着语言无法交换的千言万语。

这天，小五出院了。

云飞驾来马车，接小五出院，萧家五姊弟全体出动，七个人浩浩荡荡，把小五接到了四合院。马车停在门口，雨凤、雨鹃、小三、小四鱼贯下车，个个眉开眼笑。云飞抱着小五，最后一个下车，小五高兴地喊着：

"不用抱我，我自己会走，我已经完全好了呀！"说着，就跳下地，四面张望："我们搬到城里来住了呀！"

云飞和阿超忙着把小五住院时的用具搬下车，一件件拎进房里去。云飞看着那简陋的小屋，惊讶地说：

"这么小，五个人住得下吗？"

雨鹃一边把东西搬进去，一边对云飞说：

"大少爷！你省省吧！自从寄傲山庄烧掉以后，对我们而言，只要有个屋顶，可以遮风避雨，可以让我们五个人住在一起，就是天堂了！哪能用你大少爷的标准来衡量呢！"

云飞被雨鹃堵住了口，一时之间，无言以答。只能用一种怆恻的目光，打量着这两间小屋。想不出自己可以帮什么忙。

小五兴奋得不得了，跑出跑进地，欢喜地嚷着：

"我再也不要住医院了！这儿好，晚上，我们又可以挤在一张大床上说故事了！"她爬上床去滚了滚，喊："大姊，今天晚上，你说爹和娘的故事给我听好不好……"忽然怔住，四面张望："爹呢？爹住哪一间？"

雨凤、雨鹃、小三、小四全体一怔，神情都紧张起来。小五在失火那晚，被烧得昏昏沉沉，始终不知道鸣远已经死了，住院这些日子，大家也刻意瞒着。现在，小五一找爹，姊妹几个全都心慌意乱了。

"小五……"雨凤凄然地喊，说不出口。

小五看着雨凤，眼光好可怜：

"我好久好久都没有看到爹了，他不到医院里来看我，也不接我回家……他不喜欢我了吗？"

云飞、阿超站在屋里，不知道该怎么帮忙，非常难过地听着。

小五忽然伤心起来，撇了撇嘴角，快哭了：

"大姊，我要爹！"

雨凤痛苦地吸口气：

"爹……他在忙，他走不开……他……"声音哽着，说不下去了。

"为什么爹一直都在忙？他不要我们了吗？"小五抽噎着。

雨鹃眼泪一掉，扑过去紧紧地抱住小五，喊了出来：

"小五！我没有办法再瞒你了……"

"不要说……不要说……"雨凤紧张地喊。

雨鹃已经冲口而出了：

"我们没有爹了，小五，我们的爹，已经死了！"

小五怔着，小脸上布满了迷惑：

"爹死了？什么叫爹死了？"

"死了就是永远离开我们了，埋在地底下，像娘一样！不会再跟我们住在一起了！"雨鹃含泪说。

小五明白了，和娘一样，那就是死了，就是永远不见了。她小小声地，不相信地重复着：

"爹……死了？爹……死了？"

雨鹃大声喊着：

"是的！是的！爹死了，失火那一天，爹就死了！"

爹死了，和娘一样，以后就没有爹了。这个意思就是：再也没有人把她扛在肩膀上，出去牧羊了；再也没有人为她削了竹子，做成笛子，教她吹奏；再也没有人高举着她的身子，大喊"我的小宝贝！"再也没有了。小五张着口，睁大眼睛，呆呆地不说话了。

雨凤害怕，扑过去摇着小五：

"小五！小五！你看着我！"

小五的眼光定定的，不看雨凤。

小三、小四全都扑到床边去，看着愣愣的小五。

"小五！小五！小五……"大家七嘴八舌地喊着。

雨凤摇着小五，喊：

"小五！没有了爹娘，你还有我们啊！"

"小五！"雨鹃用双手稳住她的身子，"以后我是你爹，雨凤是你娘，我们会照顾你一辈子！你说话，不要吓我啊！我实在没有办法再骗你了！"

小五怔了好半天，才抬头看着哥哥姊姊们：

"爹……死了？那……以后，我们都见不到爹了！就像见不到娘一样……是不是？那……爹会不会再活过来？"

雨凤雨鹃难过极了，答不出话来。

小四忽然发了男孩脾气，大声地说：

"是的！就和见不到娘一样！我们没有爹也没有娘了！以

122

后，你只有我们！你已经七岁了，不可以再动不动就要爹要娘的！因为，要也要不到了！爹娘死了就是死了，不会再活过来了！"

小五看看小四，又看看雨凤雨鹃，声音里竟然有着安慰：

"那……以后，娘不是一个人睡在地下了，有爹陪她了，是不是？"

"是，是，是！"雨凤一迭连声地说。

小五用手背擦了擦滚出的泪珠，点头说：

"我们有五个人，不怕。娘只有一个人，爹去陪她，她就不怕黑了。"

雨鹃忍着泪说：

"是！小五，你好聪明！"

小五拼命用手擦眼泪，轻声地自语：

"我不哭，我不哭……让爹去陪娘，我不哭！"

小五不哭，雨凤可再也忍不住了，伸手将小五紧紧一抱，头埋在小五怀里，失声痛哭了。雨凤一哭，小五终于哇的一声，也大哭起来。小三哪里还忍得住，扑进雨鹃怀里，也哭了。雨鹃伸手抱着姊姊妹妹，眼泪像断线的珍珠，疯狂地往下滚落。只有小四倔强地挺直背脊，努力地忍着泪。阿超忍不住伸手握住他的肩。

顿时间，一屋子的哭声，哭出了五个孤儿的血泪。

云飞看着这一幕，整颗心都揪了起来，鼻子里酸酸的，眼睛里湿湿的。死，就是永远的离别，是永远无法挽回的悲剧，没有人比他更了解其中的痛。怎么会这样呢？除了上苍，谁有权力夺走一条生命？谁有权力制造这种生离死别？他在恻之余，那种"罪恶感"，就把他牢牢地绑住了。

云翔对萧家五姊弟的下落一无所知，他根本不关心这个，他关心的，是溪口那块地，是他念兹在兹的纺织厂。这天，当祖望把全家叫来，正式宣布，溪口的地，给了云飞。云翔就大吃一惊，暴跳如雷了：

"什么？爹，你把溪口那块地给了云飞？这是什么意思？"

祖望郑重地说：

"对！我今天让大家都来，就是要对每个人说清楚！我不希望家里一天到晚有战争，更不希望你们兄弟两个吵来吵去！我已经决定了，溪口交给云飞处理，不只溪口，钱庄的事，也都陆续移交给云飞！其余的，都给云翔管！"

云翔气急败坏，喊着：

"交给云飞是什么意思？爹，你在为我们分家吗？"

"不是！只要我活着一天，这个家是不许拆散的！我会看着你们兄弟两个，如何去经营展家的事业！纪总管会很公正地协助你们！"他走上前去，忽然很感性地伸出手去，一手握云飞，一手握云翔，恳切地说，"你们两个，都是我的儿子，是我今生最大的牵挂和安慰。你们是兄弟，不是世仇啊！为什么你们不肯像别家兄弟姊妹一样，同心协力呢！"

云飞见父亲说得沉痛，这是以前很少见到的，心里一感动，就诚挚地接口：

"我从来没有把云翔当成敌人，但是，他却一直把我当成敌人！我和云翔之间真正的问题，是在于我们两个做人处事的方法完全不同！假若云翔能够了解自己做了多少错事，大彻大悟，痛改前非的话，我很愿意和他化敌为友！我从来没有忘记过他是我的弟弟，因为这已经成为我最深刻的痛苦！"

云翔被云飞这篇话气得快要爆炸了，挣开祖望的手，指着云飞大骂：

"你这说的是什么话？简直莫名其妙！什么大彻大悟，痛改前非？我有什么错？我有什么非？我有什么需要改善的地方？"

"你说这些话，就证明你完全不可救药了！"

云翔冲过去，一把抓住他胸前的衣服：

"你这个奸贼！在爹面前拼命扮好人，好像你自己多么善良，多么清高，实际上，你却用阴谋手段，抢夺我的东西！你好阴险！你好恶毒……"说着，一拳就对云飞挥去。

云飞挨了一拳，站立不稳，摔倒在茶几上，茶几上的花瓶跌下，打碎了。

梦娴、齐妈、天虹全都扑过去搀扶云飞。天虹已经到了云飞身边，才突然醒觉，仓皇后退。

梦娴和齐妈扶起云飞，梦娴着急地喊：

"云飞！云飞！你怎样？"

云飞站起身，被打得头昏脑涨。

云翔见天虹的"仓皇"，更是怒不可遏，扑上去又去抓云飞，还要打。

天尧和纪总管飞奔上前，一左一右拉住他，死命扣住他的手臂，不许他动弹。

"有话好说，千万不要动手！"纪总管急促地劝着。

祖望气坏了，瞪着云翔：

"云翔！你疯了吗？你到底是怎么回事？吃错了药还是被鬼附身了？对于你的亲兄弟，你都可以说翻脸就翻脸，说动手就动手，对于外人，你是不是更加无情了？怪不得大家叫你展夜枭！你真的连亲人的肉，都要吃吗？"

云翔一听，更加暴跳如雷，手不能动，就拼命去踢云飞，涨红了脸怒叫：

"我就知道，你这个混蛋，你这个小人，你去告诉爹，什么夜枭不夜枭，我看，这个'夜枭'根本就是你编派给我的，只有你这种伪君子，才会编出这种词来……"他用力一挣，纪总管拉不住，给他挣开，他就又整个人扑过去，挥拳再打："从你回来第一天，我就要揍你了，现在阿超不在，你有种就跟我对打！"

云飞一连挨了好几下。一面闪躲，一面喊：

"我从没有在爹面前，提过'夜枭'两个字，你这个绰号由来已久，和我有什么关系？停止！不要这样……"

"我不停止！我不停止……"

"云翔！"祖望大叫，"你再动一下手，我就不认你这个儿子，我说到做到，我把所有的财产全体交给云飞……"

品慧见情势已经大大不利，就呼天抢地地奔上前：

"儿子啊，你忍一忍吧！你明知道老爷子现在心里只有老大，你何必拿脑袋瓜子去撞这钉子门？天不怪，地不怪，都怪你娘不好，不是出自名门……我们母子，才会给人这样欺负，这样看不起呀……"

品慧一边哭，一边说，一边去拉云翔，孰料，云翔正在暴怒挥拳，竟然一拳打中了品慧的下巴，品慧尖叫一声跌下去，这下眼泪是真的流下：

"哎哟！哎哟！"

云翔见打到了娘，着急起来：

"娘！你怎样……打到哪里了？"

"我的鼻子歪了，下巴脱臼了，牙齿掉了……"品慧哼哼着。

天虹急忙过来扶住她，看了看，安慰着：

"没有，娘！牙齿没掉，鼻子也好端端的，能说话，大概下巴也没脱臼！"

品慧伸手死命地掐了天虹一下，咬牙：

"这会儿，你倒变成大夫啦，能说能唱啦！"

天虹痛得直吸气，却咬牙忍受着。

这样一闹，客厅里已经乱七八糟，花瓶茶杯碎了一地。

祖望看着大家，痛心疾首地说：

"我真不知道，我是造了什么孽，会弄得一个家不像家，兄弟不像兄弟！云翔，看到你这样，我实在太痛心了！你难道不明白，我一直多么宠你！不要逼得我后悔，逼得我无法宠你，逼得我在你们兄弟之中，只做一个选择，好不好？"

云翔怔住，这几句话倒听进去了。祖望继续对他说：

"我会把溪口给云飞，是因为云飞说服了我，我们不需要纺织厂，毕竟，我们是个北方的小城，不产蚕丝，不产桑麻，如果要开纺织厂，会投资很多钱，却不见得能收回！"

"可是，这个提议，原来根本是云飞的！"云翔气呼呼地说。

"那时我太年轻，不够成熟！做了一大堆不切实际的计划。"云飞说。

云翔的火气又往上冲，就想再冲上去打人，纪总管拼命拉住他，对祖望说：

"那么，这个纺织厂的事，就暂时作罢了？"

"对！"

"我赞成！这是明智之举，确实，我们真要弄一个纺织厂，会劳师动众，搞不好就血本无归！这样，大家都可以轻松很多了！"

云翔怒瞪纪总管，纪总管只当看不见。祖望就做了结论：

"好了，现在，一切就这么决定，大家都不许再吵。"他瞪了云翔一眼："还不扶你娘去擦擦药！"再看大家："各人干各人的活，去吧！"

云翔气得脸红脖子粗，一时之间，却无可奈何，狠狠地瞪了云飞一眼，扶着品慧，悻悻然地走了。

云飞回到了自己房间。梦娴就拉着他，着急地喊：

"齐妈，给他解开衣服看看，到底打伤了什么地方？以后，就算老爷叫去说话，也得让阿超跟着，免得吃亏！"

齐妈过来就解云飞的衣服：

"是！大少爷，让我看看……"

云飞慌忙躲开：

"我没事，真的没事！出去这几年，身子倒比以前结实多了。"

"再怎么结实，也禁不起这样拳打脚踢呀！你怎么不还手呢？如果他再多打几下，岂不是要伤筋动骨吗？"梦娴心痛得不知道怎么办才好。

"打架这玩意，我到现在还没学会！"云飞说着，就抬眼看着梦娴，关心地问，"娘，您的身体怎样？最近胃口好不好？我上次拿回来的灵芝，你有没有每天都吃呀？"

"有有有！齐妈天天盯着我吃，不吃都不行！"梦娴看着他，心中欢喜，"说也奇怪，在你回来之前，我的身体真的很不好，有一阵，我想我大概没办法活着见你了，可是，自从你回来之后，我觉得我一天比一天好，真的是人逢喜事精神爽，没错！"

"我真应该早些回来的，就是为了不要面对云翔这种火爆脾气，落个兄弟争产的情形，结果，还是逃不掉……"

梦娴伸手握住他：

"我知道，你留下来，实在是为难你了！但是，你看，现在你爹也明白过来了，总算能够公平地处理事情了，你还是没有白留，对不对？"

"我留下，能够帮你治病，我才是没有白留！"云飞看着她。

"如果你再帮我做件事，我一定百病全消，可以长命百岁！"梦娴笑了。

"是什么？"

"我说了你不要生气！"

"你说！"

"为我，娶个媳妇吧！"

云飞一怔，立刻出起神来。

齐妈忽然想起什么，走了过来，对云飞说：

"大少爷，你上次要我帮你做的那个小……"

云飞急忙把一根手指放在唇上，做眼色：

"嘘！"

齐妈识相地住口，却忍不住要笑。梦娴奇怪地看着二人：

"你们有什么秘密，瞒着我吗？"

"没有没有，只是……我认识了一个小姑娘，想送她一件东西，请齐妈帮个忙！"云飞慌忙回答。

"啊！姑娘！"梦娴兴奋起来，马上追问，"哪家的姑娘？多大岁数？"

"哪家的先就别提了，反正你们也不认识。岁数吗？好像刚满七岁！"

"七岁？"梦娴一怔。

齐妈忍不住开口了：

"我听阿超说，那个七岁的小姑娘，有个姊姊十九岁，还有一个姊姊十八岁！"

云飞跳了起来：

"这个阿超，简直出卖我！八字没一撇，你们最好不要胡思乱想！"

梦娴和齐妈相对注视，笑意，就在两个女人的脸上漾开了。

云翔也回到了他的卧室里。他气冲冲地在室内兜着圈子，像一只受了伤，陷在笼子里的困兽，阴鸷、郁怒而且蓄势待发。天虹看着他这种神色，就知道他正在"危险时刻"。可是，她却不能不面对他。她端了一碗人参汤，小心翼翼地捧到他面前：

"这是你的人参汤，刚刚去厨房帮你煮好，趁热喝了吧！"

云翔瞪着她，手一挥，人参汤飞了出去，落地打碎，一碗热汤全溅在她手上，她甩着手，痛得跳脚。他凝视她，阴郁地问：

"烫着了吗？"

她点点头。

"过来，给我看看！"他的声音，温柔得好奇怪。

"没有什么，不用看了！"她的身子往后急急一退。

"过来！"他继续温柔地喊。

"不！"

"我叫你过来！"他提高了声音。

她躲在墙边，摇头：

"我不！"

"你怕我吗？你以为我要对你做什么？"

"我不知道你要对我做什么，但是，我知道你恨我，我知道你现在一肚子气没地方出，我也知道，我现在是你唯一发泄的对象……我宁愿离你远一点！"

他阴沉地盯着她：

"你认为你躲在那墙边上，我拿你就没办法了吗？"

"我知道你随时可以整我，我知道我无处可躲……"她悲哀地说。

"那么，你缩在那儿做什么？希望我的腿忽然麻木，走不过去吗？"

她低头，看着自己被烫红的手，不说话。他仍然很温柔：

"过来！不要考验我的耐性，我只是想看看你烫伤了没有？"

她好无奈，慢慢地走了过去。

他很温柔地拉起她的手，看着被烫的地方，慢悠悠地说：

"好漂亮的手，好细致的皮肤！还记得那年，爹从南边运来一箱菱角，大家都没吃过，抢着吃。你整个下午，坐在亭子里剥菱角，白白的手，细细的手指，剥到指甲都出血，剥了一大盘，全体送去给云飞吃！"

她咽了口气，低着头，一语不发。

他忽然拿起她的手来，把自己的唇，紧紧地压在她烫伤的地方。

她一惊，整个身体都痉挛了一下，他这个动作，似乎比骂她打她更让她难过。他没有忽略她的痉挛。放开了她的手，他用双手捧起她的脸庞，盯着她的眼睛，幽幽地问：

"告诉我，他到底有什么魔力，让你这样爱他？"

她被动地仰着头，看着他，默然不语。

"告诉我，我真的很想知道！如果我知道了，大概也就明白，爹为什么会被他收服？"他用大拇指摸着她的面颊，"你在他头顶看到光圈吗？你迷恋他哪一点？"

她咬紧牙关，不说话。

他的声音依然是很轻柔地：

"最奇怪的，是他从来不在你身上用功夫，他有映华，等到映华死了，他还是凭吊他的映华，他根本不在乎你！而你，却是这样死心塌地地对他，为什么？告诉我！"

她想转开头，但是，他把她捧得紧紧的，她完全动弹不得。

"说话！你知道我受不了别人不理我！"

天虹无奈已极，轻声地说：

"你饶了我吧，好不好？我已经嫁给你了，你还在清算我十四岁的行为……"

他猛地一愣：

"十四岁？"骤然想起："对了，剥菱角那年，你只有十四岁！难得，你记得这么清楚！"

云翔一咬牙，将她的身子整个拉起来，用力地吻住了她的唇。他的脸色苍白，眼里燃烧着妒意，此时此刻的他，其实是非常脆弱的。他弄不明白，为什么云飞一走四年，仍然活在每一个人心里，他用了全副精力，还是敌不过那个对手？他有恨，有气，有失落……天虹，你的心去想他吧！你的人却是我的！他的吻，粗暴而强烈。

天虹被动地让他吻着，眼里，只有深刻的悲哀和无奈。

7

云飞和阿超，成了雨凤那个小院的常客。小三、小四、小五和这两个大哥哥，也建立起一份深深的感情。他们永远忘不掉落水那一幕，在三个孩子心中，云飞和阿超，简直是两个英雄人物。自从失去了父亲，他们更把那份空虚下来的亲情，一股脑儿倾倒在云飞和阿超身上，对他们两个，不只崇拜，还有依恋。他们两个也千方百计地照顾着三个孩子，雨凤和雨鹃看在眼里，感动在心里。根本没有丝毫的怀疑，这两个人的身份和来历。

这天，阿超背上背着弓箭，把一个箭靶搬进四合院的院子中。云飞跟在他身后，把手藏在背后，笑吟吟地走了进来。阿超就一迭连声地喊：

"小四！快来！我说今天要教你射箭，我把弓箭和箭靶都带来啦！"

阿超这一喊，小三、小四、小五全都奔进院中。小四兴奋得不得了，一直问：

"这个小院够不够长？我相信我可以射得很远！"

小三也兴致勃勃：

"我可不可以也试试？"

"哪有大姑娘练习射箭的？你别跟我抢！"小四叫着。

小五也去凑热闹：

"我也要试试！"

阿超好忙，一面摆箭靶，一面量距离，一面拿弓箭，一面喊着：

"不要忙！每一个人都可以试！好了，箭靶放在这儿，我们退后，先不要太远，如果射中了红心，我们再慢慢加长距离！"

"我第一个来，你们排队！"小四喊。

阿超带着小四射箭，两个女孩伸长脖子看。阿超握着小四的手，教着：

"脚底下要稳，这样，跨个骑马步，弓要拉得越满越好，瞄准是射箭最重要的事，这样瞄准，心里不要想别的事，一定要专心……"

房间门口，雨鹃走了过来，笑嘻嘻地伸头一看，就回头对雨凤说：

"你的苏公子又来报到了！他真是风雨无阻！这次是带了箭靶和弓箭……花招还真不少！"

雨凤也伸头看看，心里涨满了喜悦，却故作不在乎的样子，说：

"都是小四，一天到晚缠着阿超教他武功，下个月就要去学校念书了，现在还没收心！"

雨鹃突然收住了笑：

"学功夫是一定要学的，小四和我一样，没有片刻忘记过我们身上的血海深仇，虽然现在学功夫，用得着的时候不知道是哪年哪月，总比根本不学好！"

雨凤愣了愣：

"你跟他谈过报仇的事吗？"

"是！他是家里唯一的男孩子，我时时刻刻提醒他，他也时时刻刻提醒我！"

雨凤看着坚定的雨鹃，想着身上的血海深仇，谈到"报仇"，谈何容易！但是，雨鹃那颗报仇的心，那么强烈。把这种仇恨教育，灌输给幼小的小四，是对还是不对呢？她有些困惑，就出起神来。

院中，小五一直拿不着弓箭，急得不得了：

"轮到我没有？是不是轮到我了？"

云飞走到箭靶处，扶着箭靶，对阿超笑着说：

"阿超，你把着小五的手，让她放一箭试试！"

阿超就很有默契地说：

"好！小五！来，我们来射箭！"

小五兴奋得不得了，小手拉着弓，拼命使力。

阿超蹲着身子，扶着小五的手，咻的一箭射往箭靶。

云飞忽然惊叫：

"哎哟，哎哟，小五！你射到什么了？"

三个孩子全伸长脖子看。

"是什么？是什么？"小五问。

云飞举起一个小兔子。长得和烧掉的那个几乎一模一样。云飞就故作惊讶地喊：

"你差点射到一只小兔子！还好，它跳得快，跳到我手里来了！才没给你射伤！"

小五眼睛闪亮，几乎不能呼吸了，直奔过去，嘴里尖声喊着：

"小兔儿！我的小兔儿！"

云飞不想骗她，解释着：

"这个小兔儿虽然跟你那个不完全一样，但是，它们是一家人，你那个是姊姊，这个是妹妹！"

小五抓住小兔子看了看，移情作用就完全发挥了，飞快地摇头：

"不不！它就是我原来那个，它洗了澡，变得比较干净了！它就是我的小兔儿！"说着，就死命抱着小兔子，脸孔涨得红红的，飞奔进房，嘴里上气不接下气地喊："大姊！二姊！我的小兔儿回家了，它没有烧死，它在这儿……慕白大哥把它给我找回来了！"

雨凤雨鹃接住奔过来的小五。

"慢慢说！慢慢说！别摔了！"雨凤连忙喊。

"真的是你那个小兔儿呀？"雨鹃惊奇地看看小兔子。

雨凤站起身，不敢相信地看着云飞。

"你怎么做到的？你会变魔术吗？"她问。

云飞凝视着她，看到小五不注意，就低低说：

"这当然不是原来那一个，我在寄傲山庄的废墟，捡到那个残缺的小兔子，回家央求我的老奶妈，帮我照样重新做的！"

雨凤太震动了，也太感动了，定睛注视云飞：

"你……你居然这样做！你知道这个小兔儿在她心中的分量，你……你这么有心，我简直不知道该怎样谢你。"

云飞心中一动，话里有话：

"不要谢我，我只希望有一天，你会了解我，不会怪我……"

雨鹃看看他们，伸手拉住小五，说：

"小五！我们出去看射箭，这房间真的太小了，挤不下我们两个了！"

小五兴奋地跑到院子里，同每一个人展示她的小兔儿。雨鹃走过去，跟三个弟妹笑着咬耳朵，大家一阵叽叽咕咕。

房中，雨凤和云飞相对注视，含情脉脉。

小五忽然在院中喊：

"慕白大哥，我昨天学了一个歌谣，我要念给你听！"

"我们一起念给你听！"小三说。

于是，小三、小四、小五同声念：

"苏相公，骑白马，一骑骑到丈人家，大姨子扯，二姨子拉，拉拉扯扯忙坐下，风吹帘，看见了她，白白的牙儿黑头发，歪歪地戴朵玫瑰花，罢罢罢，回家卖田卖地，娶了她吧！"

三个孩子念完，相视大笑，阿超和雨鹃也跟着笑。

云飞转头看雨凤，她的脸孔发红，眼睛闪亮。和云飞眼光一接触，她那长长的睫毛，立刻垂了下来，遮住了那对剪水双瞳。这种"欲语还羞"的神情，就让云飞整颗心都颤动起来，他情不自禁地悄悄伸手，去紧紧地握住雨凤的手，雨凤缩了缩，终究让云飞握住，脸孔红得像天空的彩霞。

从这一天开始，云飞就常常带着雨凤姊弟，驾着马车出游了。

他们去了鸣远的墓地，祭拜父母。云飞也像雨凤一样，燃了香，对着鸣远夫妻的坟墓，虔诚祝祷。他的神情那么真挚，眼神那么专注，好像有千言万语，要对鸣远诉说。这种虔诚，使萧家五姊弟更加感动了。

他们也去探望了杜爷爷、杜奶奶。两位老人家看到小五已经活蹦乱跳，高兴得合不拢嘴。看到姊弟几个，衣饰鲜明，知道雨凤雨鹃已经找到工作，直说是"老天有眼"。当雨凤姊妹拿出钱袋，要还钱的时候，杜爷爷才眉开眼笑地看着云飞说：

"人家苏先生，早就帮你们还给我了！"就对云飞打躬作揖，"你送那么多钱来，我实在过意不去呀！"

雨凤惊愕地看云飞：

"还有什么事，是你没有代我们想到的？"

云飞定定地看着雨凤，默然不语。

他们也一起去郊外野餐，放风筝。风筝是阿超做的，又大又轻，可以放得好高。小三小四小五，三个孩子难得有娱乐，抢成一团。雨鹃不甘寂寞，也跟着几个弟妹抢风筝，嘴里大喊着：

"我来放！我来放！你们的技术太差了！"

"阿超！给我！给我！"小四叫。

"给我！给我！"小三叫。

风筝在天空飘飘荡荡，大家都飞奔过去抢线团，不知怎的，竟跑着撞成一堆，笑着全体滚倒在草地上，风筝断了线，随风飞去，越飞越远。小五仰头看着风筝，对着风筝大叫：

"风筝！回来呀……回来呀……"

雨鹃、阿超、小三、小四全笑成一团。

雨凤被这样的画面深深感动了，抬头看着云飞，充满感情地说：

"我觉得，我家失去的欢笑，又都慢慢地回来了！这些，都是你带给我们的！你千方百计地帮助我们，带我们出来玩，让我们忘记悲哀，我真的好感激！"

云飞听着这些话，心中波涛汹涌。许多秘密，无法开口，只是深深地、深深地看着她，恨不得把几千几万种心事，全部借一个注视说清楚。这样热烈的、深刻的眼光，里面又是柔情，又是歉疚，又是心痛，又是怜惜，还有深深切切的祈谅……这么复杂的眼光，像千丝万缕，像蚕儿作茧，就把雨凤密密地缠绕住了。

这天，他们回到溪口，重新来到瀑布下面，在这儿，他们第一次相遇。也是那天，寄傲山庄毁了，鸣远死了，他们五姊弟就告别了这个天堂。旧地重游，大家心里都有许许多多的回忆，不知是喜是悲。

落日的光芒洒在溪水上，闪耀着点点金光。

阿超、雨鹃带着小三、小四、小五故意走到溪水的下游去玩。把雨凤和云飞远远地抛在后面。

旧地重游，三个孩子有许多话要告诉雨鹃。小四指手画脚，讲当日落水时，阿超和云飞如何相救。几个人在水边指指说说，越走越远。终于走得不见踪影了。

水边，剩下云飞和雨凤。

云飞动情地看着雨凤，落日的光芒，染在她的眉尖眼底，她脸上挂着彩霞，眼里映着彩霞，唇边漾着彩霞，整个人像一朵灿烂的彩霞。他面对着这份灿烂，觉得自己也化为轻烟轻雾，不知身之所在了。

"我永远无法忘记，我们第一次相见的那一幕！我还记得，那时你唱了一首歌，歌词里有好多个'问云儿'。"他说。

雨凤就轻轻地唱起来：

"问云儿，你为何流浪？问云儿，你为何飘荡？问云儿，你来自何处？问云儿，你去向何方……"她注视着云飞："是不是这首？"

云飞盯着她，为之神往：

"是的……我好喜欢，我要告诉你一件事，我……"他鼓起勇气，脱口而出："我还有一个名字，叫……'云飞'！"

雨凤完全没有疑虑，那个时代，每个人都有字有号有别名。她的心，就算纤细如发，也没有任何一丝丝，会把他和展家联想到一起。她坦荡荡地瞅着他：

"这么巧！是你的字？还是你的号？"就抛开了这个问题，两眼亮晶晶的，看进他的眼睛深处去："你知道吗？那天，我正在唱歌，忽然听到马嘶，然后，我一抬头，就看到你骑着一匹马，停在我面前，你盯着我，像是天神下凡……我没想到，你真的是我命中的天神……"这个表白，使她自己震动了，一阵害羞，说不下去了。

云飞太震动了，也太激动了，这是第一次，听到雨凤这么坦白地流露出真情。他的心就像鼓满风的帆船，一直驶进她心灵深处去了。他的眼光，缠在她的脸上，再也移不开了！雨凤啊雨凤，从今以后，你是我生活的目的，生命的主题！他心中辗转的低语，刚刚鼓起的勇气已经消失，现在只有汹涌澎湃的热情，翻翻滚滚而来，不可遏止。他低低地，眩惑地说：

"你不明白，你才是我命中的天神，注定要改变我一生的命运。我好害怕……我会抓不住你……"

雨凤扬着睫毛，眼光如水如酒，淹没着他。她轻轻地，吐气如兰：

"怎么会呢？你已经抓住我了……抓得牢牢的了……"

云飞再也无法克制自己，将她拉进怀中，他的唇，就忘形地印在她的唇上了。

溪水潺潺，鸟声啾啾，大地在为他们两个奏着乐章。落日将沉，彩霞满天，天空在为他们绘着彩绘。雨凤醉倒在云飞的怀里，此时此刻，世界是那么美好，所有的哀愁仇恨，都离她远去。她什么都不想，心里只是单纯而虔诚地，一遍一遍低呼着他的名字：慕白，慕白，慕白！

云飞和雨凤这样的进展，当然瞒不过情同手足的阿超。阿超看他每天兴奋地为萧家做这做那，心里实在有些着急。这个"苏相公"，如果再不说明真相，恐怕就要变成"输相公"了。

这天，是小四第一天上学，两人准备了好多东西，一早就送到萧家小院来。在路上，阿超就一直看云飞，看来看去，终于忍不住，问：

"你预备什么时候才向人家坦白呀？"

云飞怔了怔，一脸的痛苦：

"我好几次都准备说，话到嘴边又咽下去了！我也知道，不能再拖了，可是，心里总是毛毛的，就怕一说出口，就什么都完了！"

"但是，你不能一直这样骗下去，以前仗着四年没回来，认识我们的人不多，但是，现在大家都知道你回来了！待月楼里，也有人在谈论你了，就连金银花，也在打听你的来历！你迟早是瞒不下去的，如果别人告诉了她，你就惨了！"

云飞打了个寒颤，悚然而惊：

"你说得对！一定要说了！但是，她知道我的真正身份以后，会不会就此不理我呢？这个赌注太大了！我真的有点害怕！"

"你总得面对现实呀！难道要这样糊里糊涂一辈子？她都

没有问过你家里有些什么人吗？"

"问过呀！都被我糊弄过去了！"

阿超不以为然地摇摇头：

"你好冒险！我都为你捏把冷汗！"

云飞一咬牙，下定决心：

"好！我说！今天就说！"

到了萧家，小四穿了一件簇新的学校制服，站在房内，手脚都不知道如何放。雨凤、雨鹃、小三、小五围着他转，看还缺少什么。云飞笑着说：

"哈！赶上了！来来来，小四，我给你准备了一套文房四宝，专门上学用的，很小巧，来，带着！"

阿超取下小四的书包，云飞把文房四宝放进去。阿超又交给他一个纸口袋：

"小四，这儿还有一点零嘴，我给你弄个小口袋装着！学校里大家都会带些吃的！你没有就不好！"

云飞又关心地说：

"钱呢？身上有没有钱？"就去掏口袋。

小四急忙说：

"大姊已经给我了，有了！有了！"

阿超仔细叮咛：

"还有一件很重要的事，第一天上学，有时候，会碰到一些会欺负人的同学，你不要表现得很怕的样子，你要很有种的样子，我不是教了你一点拳脚吗？必要的时候，露一露给他们看看……"

"阿超，你不要教他打架啊！"雨鹃警告地喊。

"我不是教他打架，我教他防身！"

阿超说着，想想，很不放心："这样吧！我送你去学校！边走边谈！"一面回头，对云飞看了一眼，示意他"要说就快"。

云飞有一刹那的怔忡，立即心事重重起来。

小四跟着阿超走了，一群人送到小院门口，挥手道别，好像英雄远征似的。终于，小四和阿超转过路角，看不见了。

云飞和雨凤的眼光一接。他怔了片刻，说：

"今天阳光很好，天气不冷不热，要不要也出去走走呢？"

雨鹃笑着，把雨凤往外面一推：

"快去吧！家里有我，够了！别辜负人家送文房四宝，也别辜负……"抬头看天空，"这么好的太阳！"

雨凤被推得一个跟跄，云飞慌忙扶住，两人相视一笑。雨凤的笑容是灿烂的，云飞却有些心神恍惚。

然后，两人就来到附近的金蝉山，山上有个著名的观云亭。高高地在山顶上，可以看到满天的云海和满山的苍翠。

两人依偎在亭子里，面对着层峦叠翠，雨凤满足地深呼吸了一下，说：

"真好！小四也顺利上学了，待月楼的工作也稳定下来了。一切都慢慢地上了轨道，生活，总算可以过下去了！当初，爹临终的时候，我答应他，我会照顾弟妹，现在，才对自己有一点点信心。"

云飞凝视她，要说的话还没说，先就心痛起来：

"待月楼的工作，绝对不是长久之计，你心里要有些打算。那个地方，龙蛇混杂，能够早一点脱离，就该早一点脱离！"

"那个工作，是我们的经济来源，怎么能脱离呢？"

云飞一把拉住她的手，握得紧紧的：

"雨凤，让我来照顾你们，好不好？"

"这个问题，我们已经讨论过了，不要再讨论了！"雨凤脸色一正。

"不不！以前我们虽然点到过这个问题，但是，那时和你还只是普通朋友。我只怕交浅言深，让你觉得冒昧，所以，也不敢具体地提出任何建议。可是，现在不一样了，现在你是我最重视最深爱的人，我不愿意你一直在待月楼唱歌，想给你和你的弟妹，一份安定的生活！"

雨凤专心地倾听，眼睛深得像海，亮得像星。

云飞提了一口气，鼓足勇气，继续说：

"但是，在我做具体的建议或是要求以前，我还有一些……有一些事……必须……必须告诉你！"

雨凤看云飞突然吞吞吐吐起来，心里顿时被一种不安的情绪抓住了，不知道为什么，她忽然觉得好害怕好害怕，就恐惧地问：

"你要告诉我的事，会让我难过吗？"

云飞一震，盯着雨凤。雨凤啊雨凤，岂止让你难过，只怕会带走你所有的欢笑！他怔怔地，竟答不出话来。他的这种神情，使雨凤立刻恻恻起来。

"我知道了！是你的家庭，是吧？"她幽幽地问。

云飞一个惊跳，感到天旋地转：

"你真的知道？"

雨凤看他这种表情，更加肯定了自己的想法，觉得很悲哀：

"你想，我怎么可能不知道呢？你跟我交往以来，你从不主动跟我谈你的家庭，你的父母。我偶尔问起，你也会三言两语地把它带过去，你根本不愿意在我面前谈你的家庭，这是非常明显的一件事情。所以，我早就知道，你有难言之隐！"

"那么，你什么都知道了？你知道，我家是……是……"云飞紧张地看她。

"我知道你家是一个有名望，有地位，有钱有势的家庭！甚至，可能是官宦之家，可能是在桐城很出名的家庭！那个家庭，一定不会接受我！"

云飞一愣：

"可能？你用'可能'两个字，那么，你还是不知道！你还是没有真正知道我的出身？"他又深吸了一口气，再度提起勇气："让我告诉你吧！我家确实很有名，在桐城，确实是大名鼎鼎的家庭，不过，我和这个家庭一直是格格不入的，我希望，你对我这个人已经有相当的了解，再来评定我其他的事……"

云飞住了口，盯着她，忽然害怕起来，就把她往怀里一搂，用胳臂紧紧地圈着她，热烈地看着她：

"雨凤，先诚实地回答我一个问题，你，爱我吗？"

雨凤一瞬也不瞬地看着他，被他的欲言又止惊吓着，又被他的热情震撼着。

她突然把面颊往他肩上紧紧一靠，激动地喊着：

"是的！是的！是的！是的！所以……如果你要告诉我的话，会让我伤心，就请你不要说！最起码现在不要！因为……我现在觉得好幸福，有你这样爱着我，保护着我，照顾着我，我真的好幸福！我所有的直觉都告诉我，你要说的话，会让我难过，我不要再难过了，所以，请你不要说，不要说！"

云飞震撼住了，紧紧地搂着她，心里矛盾得一塌糊涂：

"雨凤……你这几个'是的'，让我再也义无反顾了！今生，我为你活，希望你也为我坚强！你不知道你在我心里有多大的分量，自从在水边相遇，我心里从来没有放下过你的影子！我的生命里有过生离死别，我再也不要别离！至于我的家庭……"

雨凤抬起头来，热烈地盯着他，眼里，浓情如酒：

"你一定要说，就说吧！"

云飞睁大眼睛，看着这样热情的雨凤，所有的勇气，全体飞了：

"雨凤啊……我的心，真的是天知地知！"

雨凤虔诚地接口：

"还有我知！"

云飞把雨凤紧紧一抱，什么话都说不出来了。

那晚，阿超和云飞在回家的路上，阿超很沉默。

"你怎么不问我，说了还是没说？"云飞有些烦躁地问。

"那还用问吗？我看你们的样子，就知道你什么都没说！如果你说了，雨凤姑娘还会那样开心吗？我就不懂你，到底要到什么时候才说？"

"唉！你不知道有多难！"云飞叹气。

"你一向做事都好果断，这次怎么这么难呢？"

"我现在才知道，情到深处，人会变得懦弱！因为太害怕'失去'了！"

谈到"情到深处"，单纯的阿超，就弄不懂了。在阿超的生命里，还没有尝过这个"情"字。他看着云飞，对于他总是为情所困，实在担心。以前，一个映华，要了他半条命，这个雨凤，是他的幸福还是他的灾难呢？他想着萧家的姊弟五个，想着雨鹃对展家，随时随地流露出来的"恨"，就代云飞不寒而栗了。

8

云翔郁闷极了。

一连好多天，他做什么都不顺心，看到天虹就生气。

怎么也想不明白，祖望为什么会把溪口的地给了云飞？他几年的心血，一肚子计划全部泡了汤！连纪总管也见风转舵，不帮他忙，反而附和着祖望。他那一口闷气，憋在心里，差点没把他憋死。他知道纪总管老谋深算，说不定是以退为进，只好放下身段，低声下气去请教他。结果，纪总管给了他一大堆警告：不能欺负天虹，不能对天虹疾言厉色，不能让天虹不快乐，不能让天虹掉眼泪……如果他都能做到，才要帮他。好像天虹的眼泪是为他流的，真是搞不清楚状况！他心里怄得要命，却不得不压抑自己，一一答应，纪家父子这才答应"全力协助"。要对天虹好，但是，那个天虹，就是惹他生气！

这天，云翔要出门去，走到大门口，就发现天虹和老罗，在那儿好热心地布施一个来化缘的老和尚。那个和尚敲着木鱼，嘴里念念有词，天虹就忙不迭把他的布施口袋，装得满满的。云翔一看就有气，冲上前去，大声嚷嚷：

"老罗，我说过多少次了，这和尚尼姑，一概不许进门！怎么又放人进来？"忍不住对天虹一瞪眼："你闲得没事做吗？"

和尚抬眼看见云翔，居然还不逃走，反而重重地敲着木鱼，嘴里喃喃地念：

"一花一世界，一木一菩提，回头才是岸，去去莫迟疑！"

云翔大为生气，把和尚往外推去：

"什么花花世界，不提不提！走走！你化缘也化到了，还在这里念什么经？去去！去！"

和尚一边退出门去，一边还对云翔说：

"阿弥陀佛，后会有期！"

云翔怒冲冲地喊：

"谁跟你后会有期？不要再来了，知道不知道？"

和尚被推出门外去了。云翔还在那儿咆哮：

"老罗！你注意一点门户，我今天还计划要去赌个小钱，你弄个光头上门，是什么意思？"

"是是是！"老罗一迭连声认错。

天虹忍不住说：

"一个和尚来化缘，你也可以生一场气！"

"怎么不气？什么事都不做，一天到晚'沿门托钵'，还一副很有学问的样子，说些玄之又玄的话，简直和我家老大异曲同工，我听着就有气！他们会上门，就因为你老是给钱！"

"好了好了，我不惹你！"天虹听到这也扯上云飞，匆匆就走。

云翔看着天虹的背影，真是气不打一处来，还想追上去理论。幸好，天尧正好回来，一把拉住了云翔：

"你别找天虹的麻烦了！走！有天大的新闻要告诉你！包你会吓一大跳！"

"什么事？不要故弄玄虚了！"

"故弄玄虚？"天尧把他拉到无人的角落，盯着他，"想知道云飞在做些什么吗？想知道'待月楼'的故事吗？"

云翔看着天尧的脸色，立即明白，天尧已经抓到云飞的小辫子了。不知怎的，他浑身的细胞都开始跳舞，整个人都陷进莫名的亢奋里。

这晚，待月楼中，依旧灯烛辉煌，高朋满座。

云飞和阿超，也依旧坐在老位子上，一面喝酒，一面全神贯注地看着姊妹俩的表演。这天，她们唱了一首新的曲子，唱得非常热闹：

"你变那长安钟楼万寿钟，我变槌儿来打钟……"

"打一更当当叮……"

"打二更叮叮咚……"

"打三更咚咚当……"

"打四更当当咚……"

"旁人只当是打更钟,"

"谁知是你我钟楼两相逢!"

"自己打钟自己听……"

"自己听来自打钟……"

"你是那钟儿叮叮咚……"

"我是那槌儿咚咚当……"

"没有钟儿槌不响……"

"没有槌儿不成钟……"

下面,两人就合唱起来:

"叮叮咚来咚咚当,咚咚当来当当咚,咚咚叮叮当当当,当当叮叮咚咚咚……"

越唱越快,越唱越快,一片叮叮咚咚、咚咚当当的声音,缭绕在整个大厅里。

观众掌声如雷,疯狂叫好。云飞和阿超,也跟着拍手,叫好,完全没有注意到,待月楼的门口,进来了两个新的客人!那两人杵在门口,瞪着台上,惊奇得眼珠都快掉出来了!他们不是别人,正是云翔和天尧!

小范发现有新客人来到,急忙迎上前去:

"两位先生这边请!前边已经客满了,后边挤一挤,好不好?"

云翔兴奋极了,眼睛无法离开台上,对小范不耐地挥挥手:

"不用管我们!我们不是来吃饭的,我们是来找人的……"

又有客人到,小范赶紧去招呼,顾不得他们两个了。

云翔看着正在谢幕的雨凤和雨鹃，震惊得不得了：

"这是萧家那两个姑娘吗？"

"据我打听的结果，一点也不错！"

"怪不得云飞会被她们迷住！带劲！真带劲！那个扮男装的是不是那天抢我马鞭的？"

"不错，好像就是她！"

"怎么想得到，那萧老头有这样两个女儿！简直是不可思议！那么，云飞迷上的是哪一个？"

"这个，我就不清楚了！"

云翔四面张望，忽然看到云飞和阿超了：

"哈哈，这下，可热闹了！我浑身的寒毛都立正了，不是想打架，是太兴奋了！"指着："看！云飞在那儿，我们赶快凑热闹去！"

天尧拉住他：

"慢一点！让我们先观望观望再说！"

雨凤雨鹃谢完了幕，金银花对姊妹俩送去一个眼光。两姊妹便熟练地下台来，走到郑老板那桌上。和上次的别扭已经完全不一样，雨鹃自动地倒了酒，对全桌举杯，笑吟吟地说：

"我干杯，你们大家随意！"她举杯干了，就对那个胖子许老板，妩媚地一笑，唱到他眼前去："前面到了一条河，飘来一对大白鹅，公的就在前面走，母的后面叫哥哥……"唱完，就腻声说："嗯？满意了吧？这一段专门唱给你听，这声'哥哥'，我可叫了，你欠我三天酒席！"她掉头看郑老板，问："是不是？"

"是是是！"郑老板笑着，伸手拉雨鹃坐下，喜爱地看着她，再看金银花，"这丫头，简直就是一个'小金银花'，你怎么调教的？真是越来越上道了！"

"你们当心哟，这个'小金银花'有刺又有毒，如果被她伤了，可别怪我没警告你们啊！"金银花笑着说。

一桌子的人，都大笑起来。

雨凤心不在焉，一直悄眼看云飞那桌。

金银花看在眼里，就对雨凤说：

"雨凤，你敬大家一杯，先告退吧！去帮我招呼苏先生！"

雨凤如获大赦，清脆地应着：

"是！"

她立刻斟满了杯子，满面春风地笑着，对全桌客人举杯：

"希望大家玩得痛快，喝得痛快，听得痛快，聊得痛快！我先走一步，等会儿再过来陪大家说话！"她一口干了杯子。

"快去快回啊，没有你，大家还真不痛快呢！"高老板说。

在大家的大笑声中，雨凤已经溜到了云飞的桌上。

雨凤坐定，云飞早已坐立不安，盯着她看，心疼得不知道如何才好：

"看你脸红红的，又被他们灌酒了吗？"他咬咬牙："雨凤，你在这儿唱一天，我会短命一天，我就不明白，为什么你到现在还不肯接受我的安排，离开这个地方？"

"你又来了！我和雨鹃，现在已经唱出心得来了，至于那些客人，其实并不难应付，金银花教了我们一套，真的管用，只要跟他们装疯卖傻一下，就混过去了！"

"可是，我不舍得让你'装疯卖傻'，也不舍得让你'混'。"

雨凤瞅着他：

"我们不要谈这个了，好不好？再谈下去，我会伤心的。"

"伤心？"云飞一怔。

"就是我们上次在山上谈的那个问题嘛，最近，我也想了很多，我知道我像个鸵鸟，对于不敢面对的问题，就一直逃避……有时想想，真的对你什么都不知道……"

话说到这儿，忽然有一个阴影遮在他们的头顶，有个声音大声地，兴奋地接口了：

"你不知道什么？我对他可是熟悉得很！你不知道的事，我全体可以帮你弄清楚！"

雨凤觉得声音好熟，猛然抬头，赫然看到云翔！那张脸孔，是她变成灰，磨成粉，化成烟也忘不掉的！是每个噩梦里，一再重复出现的！她大惊失色，这个震动，实在太大，手里的杯子，就砰然落地打碎了。

云飞和阿超，也大惊抬头，震动的程度，不比雨凤小。云飞直跳起来，脸色惨白，声音颤抖：

"云翔！是你？"

云翔看到自己引起这么大的震动，太得意了，伸手重重地拍着云飞的肩：

"怎么？看到我像看到鬼一样，你反应也太过度了吧？"他盯着雨凤："有这样的姑娘，你怎么一个人在这儿独乐乐，也不告诉我一声，让我们兄弟众乐乐不好吗？"

雨凤面如白纸，重重地吸着气，身子摇摇欲坠，似乎快要昏倒了。

"你们认识？你们两个彼此认识……"她喃喃地说。

云翔好惊愕，接着就恍然大悟了，怪叫着说：

"我就说呢，萧家的姑娘也不过如此！有点钱就什么人都跟！搞来搞去，还是落到姓展的手里！原来……"他瞪着雨凤，伸手就去抬雨凤的下巴，"你根本不知道他是谁？哈哈哈哈！太好笑了……"

阿超看到云翔居然对雨凤动手，一跃而起，伸手就掐住了云翔的脖子。

"你住口！否则我让你永远开不了口！"阿超暴怒地喊。

"你反了吗？我好歹是你的主子，你要怎样？"云翔挣扎着。

天尧过去拉住阿超的胳臂，喊着：

"阿超！不得无礼，这儿是公共场合啊，你这样帮不了云飞，等到老爷知道他们兄弟两个，为了唱曲儿的姑娘，在酒楼里大打出手，你以为，老爷还会偏着云飞吗？"

雨凤越听越糊涂，眼睛越睁越大，嘴里喃喃自语：

"兄弟两个……兄弟两个……"

这时，整个酒楼都惊动了，大家都围过来看。有的客人认识云翔，就议论纷纷地争相走告，七嘴八舌地惊喊：

"是展家二少爷！这展城南，居然也到郑城北的地盘上来了！"

雨鹃早已被雨凤那桌惊动，本来以为有客人闹酒，这是稀松平常的事了。心想有云飞阿超在，雨凤吃不了亏，没有太在意。这时，听到"展家二少爷"几个字，就像有个巨雷，在她面前炸开。她跳起身子，想也不想，就飞快地跑了过来，一看到云翔，她的眼睛就直了。

同时，郑老板、金银花都惊愕地跑了过来，金银花一眼看到阿超对客人动粗，就尖叫着说：

"哎哟，阿超小兄弟，你要是喜欢打架，也得出去打！这儿是待月楼，你敢砸我的场子，得罪我的客人，以后，你就不要想进待月楼的大门了！"

阿超见情势不利，只得放手。

云翔咳着，指着阿超：

"咳咳……阿超！你给我记着，总有一天，让你是怎么死的，你自己都弄不清楚！"

一抬头，他接触到雨鹃那对燃烧着烈火的眸子："哟！这不是萧家二姑娘吗？来来来！"大叫："小二！我要跟这位姑娘喝酒！搬凳子来，拿酒来……"

云飞睁大眼睛，看着姊妹两人，一时之间，百口莫辩。心里又惊又急又怒又痛，这个场面，根本不是说话的场合，他急急地看雨凤：

"雨凤，我们出去说话！"

雨凤动也不动，整个人都傻了：

"出去？为什么要出去？好不容易，这哥哥弟弟，姊姊妹妹全聚在一块儿了，简直是家庭大团圆，干什么还要出去谈呢？"云翔对雨凤一鞠躬："我来跟你好好介绍一下吧！在下展云翔，和这个人……"指着云飞，"展云飞是亲兄弟，他是哥哥，我是弟弟！我们住在一个屋檐底下，共同拥有展家庞大的事业！"

客人们一阵惊叹，就有好几个人上去，和云翔打招呼，云翔一面左左右右招呼着，一面回头看着雨鹃：

"来来来！让我们讲和了吧！怎样？"

雨鹃端起桌上一个酒杯，对着云翔的脸，泼了过去。

云翔猝不及防，被泼了满脸满头，立刻大怒，伸手就抓雨鹃：

"你给我过来！"

雨鹃反身跑，一面跑，一面在经过的桌子上，端起一碗热汤，连汤带碗砸向云翔，云翔急忙跳开，已经来不及，又弄了一身汤汤水水。这一下，云翔按捺不住了，冲上前去，再追。雨鹃一路把碗盘砸向他。

客人躲的躲，叫的叫，场面一片混乱。金银花跺脚：

"这是怎么回事！来人啊！"

待月楼的保镖冲了进来，很快地拦住了云翔。

雨鹃就跑进后台去了。

雨凤看到雨鹃进去了，这才像大梦初醒般，站了起来，跟着雨鹃往后台走。云飞慌忙拦住她，祈求地喊：

"雨凤，我们必须谈一谈！"

雨凤站住，抬眼看云飞。眼底的沉痛和厌恶，像是一千万把冰冷的利刃，直刺他的心脏。她的声音中滴着血，恨极地说：

"人间，怎么会有像你们这样的魔鬼？"

云飞大震，被这样的眼光和声音打倒了，感到天崩地裂。

雨凤说完，一个转身，跟着雨鹃，飞奔到后台去了。

雨鹃奔进化妆间，就神情狂乱地在梳妆台上翻翻找找，把桌上的东西推得掉了一地，她顾不得掉落的东西，打开每一张抽屉，再一阵翻箱倒柜。雨凤跑进来，看到她这样，就呆呆地站在房中，睁大眼睛看着。她的神志，已经被展家兄弟，砍杀得七零八落，只觉得脑子里一片零乱，内心里痛入骨髓，实在顾不得雨鹃在做什么。

雨鹃找不到要找的东西，又烦躁地去翻道具箱，一些平剧用的刀枪滚了满地。

雨鹃看到有刀枪，就激动地拿拿这样，又拿拿那样，没有一样顺手。她转身向外跑，喊着：

"我去厨房找！"

雨凤一惊，这才如梦初醒，伸手抓住了她，颤声地问：

"你在做什么？"

"我找刀！我去一刀杀了他！"她两眼狂热，声音激烈，"机会难得，下次再见到他，不知道又是什么时候！我去杀了他，我给他偿命，你照顾弟弟妹妹！"说完，转身就跑。

雨凤心惊肉跳，拦腰一把抱住她：

"不行！你不许去……"

雨鹃拼命挣扎：

"你放开我，我一定要杀了他！我想过几千几万次，只要给我碰到他，我就要他死！现在，他在待月楼，这是上天给我的机会，我只要一刀刺进他的心脏，就可以给爹报仇……"

"你疯了？"雨凤又急又心碎，"外面人那么多，有一半都跟展家有关系，怎么可能让你得手？就是金银花，也不会让你在待月楼里杀人，你根本没有机会，一点机会都没有……"

"我要试一试，我好歹要试一试……"雨鹃哀声大喊。

雨凤心里一阵剧痛，喊着：

"你别试了！我已经不想活了，你得照顾弟弟妹妹……"

雨鹃这才一惊，停止挣扎，抬头看雨凤：

"你说什么？"

"我不想活了，真的不想活了……"

雨鹃跺脚：

"你不要跟我来这一套，你不想活也得活！是谁在爹临终的时候答应爹，要照顾弟弟妹妹？"她吼到雨凤脸上去："我告诉你！你连不想活的资格都没有！你少在这儿头脑不清了！报仇，是我的事！养育弟妹，是你的事！我们各人干各人的！我走了！"她挣脱雨凤，又向门口跑。

雨凤飞快地追过去，从背后紧紧地抱住她：

"我不让你去！你这样出去，除了送死，什么便宜都占不到……你疯了！"

姊妹两个正在纠缠不清，金银花一掀门帘进来了。看房间里翻得乱七八糟，东西散落满地，姊妹两个还在吵来吵去，生气地大嚷：

"你们姊妹两个，这是在干什么？"

雨鹃喘着气，直直地看着金银花，硬邦邦地说：

"金大姊，对不起，我必须出去把那个王八蛋杀掉！我姊和我的弟妹，托你照顾了！你的大恩大德，我来生再报！"

金银花稀奇地睁大眼睛：

"嗬！你要去把他杀掉？你以为他是白痴？站在那个大厅里等你去杀？人家早就走掉了！"

雨鹃怔住：

"走掉了？"她回头，对雨凤跺脚大喊："都是你！你拦我做什么？难道你不想报父仇吗？难道你对他们展家动了真情，要哥哥弟弟一起保护吗……"

雨凤一听雨鹃此话，气得浑身发抖，脸色惨白，瞪着雨鹃说：

"你……你……你这么说，我……我……"

雨凤百口莫辩，抬头看着房中的柱子，忽然之间，一头就对柱子撞去。

金银花大惊，来不及阻拦，斜刺里一个人飞蹿过来，拦在柱子前面。雨凤就一头撞在他身上，力道之猛，使两人都摔倒于地。

金银花定睛一看，和雨凤滚成一堆的是云飞。阿超接着扑进门来，急忙拉起云飞和雨凤。

云飞被撞得头昏眼花，看着这样求死的雨凤，肝胆俱裂。心里，是滚锅油煎一样，急得六神无主。还来不及说什么，雨凤抬眼见到他，就更加激动，眼神狂乱地回头大喊：

"雨鹃，你去拿刀，我不拦你了！走了一个，还有一个，你放手干吧！"

金银花忍无可忍，大喊一声：

"你们可不可以停止胡闹了？这儿好歹是我的地盘，是待月楼耶！你们要杀人要放火要发疯，到自己家里去闹，不能在我这儿闹！"

金银花一吼，姊妹俩都安静了。

云飞就上前了一步，对金银花深深一揖：

"金银花姑娘，真是对不起，今晚的一切损失，我都会负担。我和她们姊妹之间，现在有很深很深的误会，不知道可不可以让我向她们解释一下？"

金银花还没有回答，雨凤就急急一退。她悲切已极、痛恨已极地看着云飞，厉声地问：

"我只要你回答我一句，你姓展还是姓苏？"

云飞咬咬牙，闭闭眼睛，不能不回答：

"我告诉过你，我还有一个名字叫云飞……"

雨凤厉地喊：

"展云飞，对不对？"

云飞痛楚地吸了口气：

"是的，展云飞。可是，雨凤，我骗你是因为我不得不骗你，当我知道云翔做的那些坏事以后，我实在不敢告诉你我是谁，那天在山上，我已经要说了，你又阻止了我，叫我不要说……"

雨凤悲极地用手抱着头，大叫：

"我不要听你，不要见你！你滚！你滚！"

金银花大步地走上前去，把云飞和阿超一起往门外推去：

"对不起！她们萧家姑娘的这个闲事，我也管定了！你，我不管你是苏先生还是展先生，不管你在桐城有多大的势力，也不管你什么误会不误会，雨凤说不要听你，不要见你，就请你立刻离开我们待月楼！"

云飞还要挣扎着向里面走，阿超紧紧地拉住了他。对他说：

"我看，现在你说什么，她们都听不进去，还是先回去，面对家里的问题吧！"

云飞哪里肯依，可是，金银花怒目而视，门口保镖环伺，郑老板在外面踱步。一切明摆在面前，这不是谈话的时候。他无可奈何，心乱如麻，双眼哀伤地看着雨凤，茫然失措地被阿超拉走了。

云飞和阿超一去，金银花就走到两姊妹身边，把姊妹二人，一手一个地拥住：

"听我说！今天晚上，为了你们姊妹两个，我关上大门，不做生意了！闹成这个样子，我都不知道我的待月楼，会不会跟着你们两个遭殃！这些也就不管了，我有两句知心话跟你们说，我知道你们现在心里有多恨，可是，那展家财大势大，你们根本就斗不过！"

雨鹃激动地一抬头：

"我跟他拼命，我不怕死，他怕死！"

"你这样疯疯癫癫，能报什么仇？拼命有什么用？他真要整你，有几百种方法可以做，管保让你活不成，也死不了！"

雨鹃昏乱地嚷：

"那我要怎么办？"

"怎么办？不怎么办！你们对展家来说，像几只小蚂蚁，两个手指头一捏，就把你们全体捏死了！不去动你们，去动你的弟弟妹妹可以吧？"金银花耸了耸肩，"我劝你们，不要把报仇两个字挂在嘴上了，报仇，哪有那么简单！"

雨凤听到"动弟弟妹妹"，就睁大眼睛看雨鹃，眼里又是痛楚，又是恐惧。

雨鹃也毛骨悚然了。

"唱本里不是有一句话吗？君子报仇，十年不晚！真要报仇，也不急在这一时呀！"金银花又说。

雨鹃听进去了，深深地看金银花。

"现在，最重要的，还是几个小的，是不是？你们姊妹要有个三长两短，让他们怎么办呢？所以，回去吧！今晚好好休息，明晚照样表演！暂时就当他们兄弟两个不存在，日子，还是要过下去，对不对？弟弟妹妹还是要穿衣吃饭，是不是？"

姊妹两个被点醒了，彼此相互看着，眼光里都盛满了痛楚。然后，两人就急急地站起身来，毕竟是在大受打击之后，两人的脚步都踉踉跄跄的。

"我们快回去吧！回去再慢慢想……回去看着小三小四小五……"雨鹃沉痛地说，"要提醒他们小心……"

"是的，回去再慢慢想……回去看小三小四小五……"雨凤心碎地重复着。

姊妹俩就彼此扶持着，脚步蹒跚地向外走，一片凄凄惶惶。

金银花看着她们的背影，也不禁跟着心酸起来。

这晚，萧家小屋里是一片绝望和混乱。雨鹃在里间房，对小三小四小五警告又警告，解说又解说：苏大哥不是好东西，他是展家的大少爷，是我们的敌人，是我们的仇人，以后，要躲开他们，要防备他们……三个孩子眼睛瞪得大大的，满脸的困惑，没有人听得懂，没有人能接受这种事实！

雨凤站在外间的窗前，看着窗外，整个人已被掏空，如同一座雕像。时间不知道过去了多久，雨鹃筋疲力尽地走了过来：

"他们三个，都睡着了！"

雨凤不动，也不说话。

"我已经告诉他们，以后见到那个苏……混蛋，就逃得远远的，绝对不可以跟他说话，可是，他们有几百个问题要问，我一个也答不出来！我怎么说呢？原来被我们当作是大恩人的人，居然是我们的大仇人！"

雨凤还是不说话。

"呃……我快要发疯了，仇人就在面前，我却束手无策，我真的会疯掉！弟弟杀人，哥哥骗色，这个展家，怎么如此恶毒？"雨鹃咬牙切齿，握紧拳头。

雨凤神思零乱，眼光凄然，定定地看着窗外。雨鹃觉得不对了，走过去，激动地抓住她，一阵乱摇：

"你怎么不说话？你心里怎么想的，你告诉我呀！刚刚在待月楼，我说你对展家动了真情，你就去撞头……可是，我不能因为你撞头，就不问你！雨凤！你看着我，你还喜欢那个苏……不是苏，是展混蛋！你还喜欢他吗？"

雨凤被摇醒了，抬头看着雨鹃，惨痛地说：

"你居然这样问我！我怎么可能'还喜欢'他？他这样欺骗我，玩弄我！我恨他！我恨死他！我恨不得剥他的皮！吃他的肉！砍他，杀他……我……我……"

雨凤说不下去，突然间，她就一下子扑进雨鹃怀里，抱着她痛哭失声，边哭边说：

"我怎么办？我怎么办？我爱他呀！他是苏慕白……在水边救我，在我绝望的时候帮助我，保护我，照顾我……我爱他爱得心都会痛……突然间，他变成了我的仇人……怎么会这样？怎么会这样……"

雨鹃紧紧地抱着雨凤，眼中也含泪了，激动地喊：

"可是，你千万要弄清楚呀，没有苏慕白，只有展云飞！他就像《西游记》里的妖怪，会化身为美女来诱惑唐僧！你一定要醒过来，没有苏慕白！那是一个幻影，一个伪造的形象……知道吗？知道吗？"

雨凤哭着，哭得心碎肠断：

"他怎么可以这样残忍？展云翔杀了爹，但他摆明了坏，我们知道他是坏人，不会去爱他呀！这个苏……苏……天啊！我每天晚上想着他入睡，每天早上想着他醒来，常常做梦，想着他的家，他的父母亲人，害怕他们不会接受我……

结果，他的家是……展家……"她泣不成声了。

雨鹃第一次听到雨凤这样的表白，又是震惊，又是心碎。

"我怎么会遇到这样一个人？我怎么会上他的当？他比展云翔还要可恶一百倍……现在，我已经不知道该把自己怎么办！我心里煎熬着的爱与恨，快要把我撕成一片一片了！"

雨凤的头，埋在雨鹃肩上，哭得浑身抽搐。

雨鹃紧拥着她，眼泪也纷纷滚落，此时此刻，唯有陪她同声一哭了。

就在雨凤雨鹃姊妹同声一哭的时候，云飞却在家里接受"公审"。

祖望已经得到云翔绘声绘色、加油加酱的报告，气得脸色铁青，瞪着云飞，气急败坏地问：

"云飞！你告诉我，云翔说的是事实吗？你迷上了一个风尘女子？每天晚上都在待月楼花天酒地！你还花了大钱，包了那个唱曲的姑娘，是不是？"

云飞抬头看着祖望，面孔雪白，沉痛地说：

"云翔这么说的？很好！既然他已经说得这么难听，做得这么恶劣，我再也不必顾及兄弟之情了！"他走向云翔，怒气腾腾地逼问："你还没有够吗？你烧掉了人家的房子，害死了人家的父亲，逼得五个孩子走投无路，逼得两姊妹必须唱曲为生……现在，你还要糟蹋人家的名誉！你这样狠毒，不怕老天会劈死你吗？"

云翔暴怒，挑起了眉毛，老羞成怒地吼：

"你说些什么？那萧家的两个姑娘，本来就是不正不经的，专门招蜂引蝶，早就风流得出了名！要不然，怎么会一下子就成了待月楼的台柱？怎么会给金银花找到？怎么会说唱曲就唱曲？哪儿学来的？你看她们那个骚样儿，根本就是经验老到嘛……你着了人家的道儿，还在这里帮人家说话！"

云飞气得眼中冒火，死死地看着他：

"你真的一点良心都没有了？你说这些话，不会觉得脸红心跳？萧鸣远虽然死了，他的魂魄还在！半夜没人的时候，你小心一点！坏事做绝做尽，你会遭到报应的！"

云翔被云飞气势凛然地一吼，有些心虚，为了掩饰心虚，大声地嚷着：

"这……这算干吗？你自己在外面玩女人，你还有理！弄什么鬼神来吓唬我，你当我三岁小孩呀！什么鬼呀魂呀，你让他来找我呀！"

"你放心，他会来找你的！他一定会来找你的！"

"你混蛋！我一天不揍你，你就不舒服……"

祖望往两人中间一插，又是生气又是迷惑：

"到底这是怎么一回事？我不要听你们兄弟吵架，我听腻了！云飞，你老实告诉我，你每天晚上都去了哪里？"

云飞看看祖望，再看梦娴，看着满屋子的人，仰仰头，大声说：

"对！我去了待月楼！对，我迷上了一个唱曲的姑娘！我一点都不觉得我有什么不可告人的地方！但是，你们要弄清楚，这个姑娘本来过着幸福快乐的生活，可是，云翔为了要他们的地，放火烧了他们的房子，烧死了他们的父亲，把她们逼到待月楼去唱歌！我会迷上这个姑娘，就是因为展家把人家害得那么惨，我想赎罪，我想弥补……"

大家都听傻了，人人盯着云飞。天虹那对黝黑的眸子，更是一瞬也不瞬地看着他。祖望深吸口气，眼神阴郁，严肃地转头看云翔：

"是吗？是吗？你放火？是吗？"

云翔急了，对着云飞暴跳如雷：

"你胡说！你编故事！我哪有放火？是他们家自己失火……"

"这么说，失火那天晚上，你确实在现场？"云飞大声问。

云翔一愣，发现说溜口了，迅即脸红脖子粗地嚷：

"我在现场又怎么样？第二天一早我就告诉你们了，我还帮忙救火呢！"

"对对对！我记得，云翔说过，云翔说过！"品慧急忙插嘴说。

祖望对品慧怒瞪一眼：

"云翔说过的话，一句也不能信！"

品慧生气了：

"你怎么这样说呢？难道只有云飞说的话算话，云翔说的就不算话？老爷子，你的心也太偏了吧！"

梦娴好着急，看云飞：

"你为什么要搅进去呢？我听起来好复杂，这个唱曲的姑娘，不管她是什么来历，你保持距离不好吗？"

云飞抬头，一脸正气地看着父母：

"爹，娘！今天我在这儿正式告诉你们，我不是一个玩弄感情，逢场作戏的人，我也不再年轻，映华去世，已经八年，八年来，这是第一次我对一个姑娘动心！她的名字叫萧雨凤，不叫'唱曲的'，我喜欢她，尊重她，我要娶她！"

这像一个炸弹，满室惊动。人人都睁大眼睛，瞪着云飞，连云翔也不例外。天虹吸了口气，脸色更白了。

"娘！你应该为我高兴，经过八年，我才重新活过来！"云飞看着梦娴。

品慧弄清楚了，这下乐了，忍不住笑起来：

"哎，展家的门风，是越来越高尚喽！这酒楼里的姑娘，也要进门了，真是新鲜极了！"

祖望对云飞一吼：

"你糊涂了吗？同情是一回事，婚姻是一回事，你不要混为一谈！"

云翔也乐了，对祖望胜利地嚷着：

"你听，你听，我没骗你吧？他每天去待月楼报到，据说，给小费都是一出手好几块银元！在待月楼吃香极了，我亲眼看到，酒楼里上上下下，都把他当小祖宗一样看待呢！天尧，你也看到的，对不对？我没有造谣吧！"

祖望被两个儿子弄得晕头转向，一下子接受了太多的资讯，太多的震惊，简直无法反应了。

云飞傲然地高昂着头，带着一股正气，朗声说：

"我不想在这儿讨论我的婚姻问题，事实上，这个问题根本就言之过早！目前，拜云翔之赐，人家对我们展家早已恨之入骨，我想娶她，还只是我的一厢情愿，人家，把我们一家子，都看成蛇蝎魔鬼，我要娶，她还不愿意嫁呢！"

梦娴和祖望听得一愣一愣的。云翔怪笑起来：

"爹，你听到了吗？他说的这些外国话，你听得懂还是听不懂？"

云飞抬头，沉痛已极：

"我今天已经筋疲力尽，没有力气再听你们的审判了，随便你们怎么想我，怎么气我，但是，我没有一点点惭愧，没有一点点后悔，我对得起你们！"

他转头指着云翔："至于他！他为什么会被人称为'展夜枭'？晚上常常带着马队出门，到底做了多少伤天害理的事？用什么手段掠夺了溪口大片的土地？为什么人人谈到他都像谈到魔鬼？展家真要以'夜枭'为荣吗？"

他掉头看祖望，语气铿然："你不能再假装看不到了！人早晚都会死，但是，天理不会死！"

云飞说完，转身大踏步走出房间。

祖望呆着，震动地看着云飞的背影。

天虹的眼光跟着云飞，没入夜色深处。

云翔恨恨地看着云飞的背影，觉得自己又糊里糊涂，被云飞倒打一耙，气得不得了。一回头，正好看到天虹那痴痴的眼光，跟着云飞而去，心里更是被乱刀斩过一样，痛得乱七八糟了。他不想再在这儿讨论云飞，一把拉住天虹，回房去了。

云翔一进房间，就脱衣服，脱鞋子，一屁股坐进椅子里，暴躁地喊：

"天虹！铺床，我要睡觉！"

天虹一语不发，走到床边，去打开棉被铺床。

"天虹！倒杯茶来！"

她走到桌边去倒茶。

"天虹！扇子呢？这个鬼天气怎么说热就热！"

她翻抽屉，找到折扇，递给他。

他不接折扇，阴郁地瞅着她，一把抓住了她的手腕，将她拖到面前来。

"你不会帮我扇扇吗？"

她打开折扇，帮他拼命扇着。

"你扇那么大风干什么？想把我扇到房间外面去吗？"

她改为轻轻扇。

"这样的扇法，好像在给蚊子呵痒，要一点技术，你打哪儿学来的？"

天虹停止扇扇子，抬头看着他，眼光是沉默而悲哀的。他立刻被这样的眼光刺伤了：

"这是什么眼光？你这样看着我是干吗？你的嘴巴呢？被'失望'封住了？不敢开口了？不会开口了？你的意中人居然爱上了风尘女子，而且要和她结婚！你，到头来，还赶不上一个卖唱的！可怜的天虹……你真是一个输家！"

她仍然用悲哀的眼光看着他，一语不发。

"你又来了？预备用沉默来对付我？"他站起身来，绕着她打转，眼光阴恻恻地盯着她，"我对你很好奇，不知道此时此刻，你心里到底是怎么一种感觉？心痛吗？后悔吗？只要不嫁给我，再坚持半年，他就回来了，如果他发现你还在等他，说不定就娶了你了！"

她还是不说话。他沉不住气了，命令地一吼：

"你说话！我要听你的感觉！说呀！"

她悲哀地看着他，悲哀地开口了：

"你要听，我就说给你听！"她吸口气，沉着地说："你一辈子要和云飞争，争爹的心，争事业的成功，争表现，争地位，争财产……争我！可是，你一路输，输，输！今晚，你以为得到一个好机会，可以扳倒他，谁知道，他轻而易举，就扭转了局面，反而把你踩得死死的！你……"她学他的语气："可怜的云翔，你才是一个输家！"

云翔举起手来，给了她一耳光。

天虹被这一耳光打得扑倒在桌子上。她缓缓地抬起头来，用更悲哀的眼神看着他，继续说：

"连娶我，都是一着臭棋，因为我在他心中，居然微不足道！你无法利用我让他嫉妒，让他痛苦，所以，我才成了你的眼中钉！"

云翔喘着气，扑过去还想抓她，她一闪，他抓了一个空。她警告地说：

"如果你还要对我动手，我会去告诉我爹和我哥，当你连他们两个也失去的时候，你就输得什么都没有了！"

云翔瞪着天虹，被这几句话真正地震动了。他不再说话，突然觉得筋疲力尽。他乏力地倒上了床，心里激荡着悲哀。是的，自己是个输家，一路输输输！父亲重视的是云飞，天虹真正爱的是云飞，连那恨他入骨的萧家的两姊妹，都会对云飞动情！云飞是什么？神吗？天啊！他痛苦地埋着头，云飞是他的"天敌"，他要赢他！他要打倒他！展云翔生存的目的，就是打倒展云飞！但是，怎么打倒呢？

9

　　云飞彻夜未眠，思前想后，真是后悔无比。怎样才能让雨凤了解他？怎样才能让雨凤重新接受他呢？他心里翻翻腾腾，煎煎熬熬，这一夜，比一年还要漫长。

　　天亮没有多久，他就和阿超驾着马车来到萧家门口。阿超建议，不要去敲门，因为愤怒的雨鹃绝对不会给云飞任何机会。不如在巷口转弯处等着，伺机而动。或者雨凤会单独出门，那时再把她拖上车，不由分说，带到郊外去说个明白。如果雨凤不出门，小四会上学，拉住小四，先打听一下姊妹两个的情形，再作打算。云飞已经心乱如麻，知道阿超比较理智，就听了他的话。

　　果然，在巷口没有等多久，就看到小四匆匆忙忙地向街上跑。

　　阿超跳下马车，飞快地扑过去，一手蒙住小四的嘴，一手将他整个抱起来。小四拼命挣扎，阿超已经把小四放进马车。

云飞着急地握住小四的胳臂，喊着：

"小四！别害怕，是我们啊！"

小四抬头看到云飞，转身就想跳下车：

"我不跟你讲话，你是世界上最坏的大坏蛋！"

阿超捉住了小四，喊：

"小四！你看看我们，这些日子以来，我们一起练功夫，一起出去玩，一起做了好多的事情，如果我们是大坏蛋，那么，大坏蛋也不可怕了，对不对？"

小四很困惑，甩甩头，激动地叫着：

"我不要跟你们说话，我不要被你们骗！你们是展家的人，展家烧了我们的房子，杀了我爹，是我家最大最大的仇人……"

云飞抓住他，沉痛地摇了摇：

"一个城里，有好人，有坏人！一个家里，也有不同的人呀！你想想看，我对你们做过一件坏事吗？有没有？有没有？"

小四更加困惑，挣扎着喊：

"放开我，我不要理你们！我今天连学校都不能去了，我还要去找大姊！"

云飞大惊：

"你大姊去哪里了？"

小四跺脚：

"就是被你害的！她不见了！今天一早，大家起床，就找不到大姊了！二姊说就是被你害的！我们去珍珠姊那儿，月娥姊那儿，还有待月楼，金大姊那儿，统统找过了，她就是不见了……小五现在哭得不得了……"

云飞脑子里，轰地一响，整颗心都沉进了地底：

"小四！想想看，她昨天晚上有没有说什么？"

"她和二姊，说了大半夜，我只看到她一直哭，一直哭……"

云飞眼前，立即浮起雨凤用头撞柱子的惨烈景象：

"你们什么时候发现她不见的？她走了多久了？"

"二姊说，她只睡着了一下下，大姊一定是趁二姊睡着的时候走的……可能半夜就走了……"

云飞魂飞魄散了：

"小四！你先回去，在附近尽量找！我们用马车，到远一点的地方去找！"云飞喊着，急忙打开车门，小四跳下了车子。

"阿超！我们快走！"云飞急促地喊。

"去哪儿找？你有谱没有？"阿超问。

"去她爹娘的墓地！"

阿超打了个冷颤，和云飞一起跳上驾驶座。不祥的感觉，把两个人都包围得紧紧的。阿超一拉马缰，马车向前疾驰而去。

奔驰了二十里，他们到了鸣远的墓地，两人跳下车，但见荒烟蔓草，四野寂寂，鸣远和妻子的墓，冷冷清清地映在阳光下，一片苍凉。他们四面找寻，根本没有雨凤的影子。阿超说：

"她不在这里！你想想看，这儿离桐城有二十里，她又没有马，没有车，怎么会走到这么远的地方来？我也被你搞糊涂了，跟着你一阵乱跑！"

云飞在山头上跑来跑去，五内如焚。不住地东张西望，苦苦思索：

"怎么会不在这里呢？她受了这么大的打击，她这么绝望，这么无助……除了找寻爹娘之外，她还能找谁？"他忽然想了起来，"还有一个可能！寄傲山庄！"

两人没有耽误一分钟，跳上车，立刻向寄傲山庄狂奔。

没错，雨凤在寄傲山庄。

她从半夜开始走，那时，雨鹃哭累了，睡着了。她先去厨房，找了一把最利的尖刀，放在衣服口袋里。然后，她就像一个游魂，一直走，一直走，一直走……在那黑暗的夜色里，在那不熟悉的郊野中，她一路跌跌冲冲，到底怎么走到寄傲山庄的，她自己也不明白。当她到达的时候，太阳已经升得很高。她一眼看到山庄那烧焦的断壁残垣，无言地、苍凉地、孤独地耸立在苍天之下，她的心立刻碎得像粉，碎得像灰了。她走到废墟前的空地上，对着天空，直挺挺地跪下了。

她仰头向天，迎视着层云深处。阳光照射着她，她却感觉不到丝毫的温暖。她的手脚，都是冰冷冰冷的，冷汗，还一直从额上滚落。这一路的跌跌冲冲，早已撕破了她的衣服，弄乱了她的发丝，她带着一身的憔悴，满心的凄绝，跪在那儿，对着天空绝望地大喊：

"爹！我当初在这儿跪着答应你，我会照顾弟弟妹妹，可是，我现在已经痛不欲生了！如果你看到了这些日子，我所有的遭遇，所有的经过，请你告诉我，我要怎样活下去？爹！对不起，我再一次跪在你面前，向你忏悔，我是那么愚蠢，敌友不分，弄得自己这么狼狈，请你原谅我，我没有办法，再照顾弟弟妹妹了，我要来找你和娘，跟你们在一起，我要告诉你们，你们错了，人间没有天堂，没有，没有……"

云飞和阿超，驾着马车奔来。

云飞一眼看到跪在废墟前的雨凤。又惊又喜又痛，对阿超喊着说：

"她果然在这儿，你先不要过来，让我跟她单独谈一谈！"

"是！你把握机会，难得只有她一个人！"阿超急忙勒住马车。

云飞跳下了车，直奔雨凤，嘴里，疯狂般地大喊着：

"雨凤……"

雨凤被这喊声惊动了，一回头，就看到云飞直扑而来。

"雨凤……雨凤……"云飞奔到雨凤面前，扑跪落地，一把抱住她，心如刀割，"快起来，跟我到车上去，这废墟除了让你难过之外，对你一点好处都没有！"

雨凤一见到云飞，就眼神狂乱，她激烈后退，挣扎着推开他，崩溃地喊：

"我的天！我要疯了！为什么我走到哪里，你就走到哪里？"她的力道那么大，竟然挣脱了他，跌在一地的残砖破瓦里，她就像逃避瘟疫一样，手脚并用地爬开去，嘴里凄厉地喊："不要碰我！不要碰我！"

云飞站起身来，急忙追上前去，把她从地上扶起来，激动地嚷：

"你这样糟蹋你自己，半夜走二十里路过来，一定没吃没睡，还要跪在这儿让日晒风吹，你要把自己整死吗？"

雨凤拼命挣扎，用力推开了他，昏乱地后退：

"我要怎么样，是我的事，不要你管！你为什么不放掉我？为什么要跟着我？为什么？为什么？"

云飞大声喊：

"因为我喜欢你，因为我要你，因为我离不开你，因为我无法控制自己……因为我要娶你！"

雨凤又哭又笑，泪与汗，交织在脸孔上。她转脸向天空：

"爹！你听到了吗？他就是这样骗我，他就是这样把我骗得团团转！"

云飞激动极了：

"原来你在跟你爹说话，你有话跟你爹说，我也有话跟你爹说！"他也仰头向天，大叫："萧伯伯！如果你真的在这儿，请你告诉她，我对她的心，有没有丝毫的虚情假意？我瞒住我的身份，是不是出于不得已？是不是就是为了怕她恨我？在我和她交朋友的这一段时间，是不是我几次三番要告诉她真相，话到嘴边，又说不出口？告诉她！我是怎样一个人，你告诉她呀！"

天地茫茫，层云飞卷，除了风声，四野寂寂。

雨凤疯狂地摇头，眼睛里，闪耀着悲愤和怒火：

"我不要听你，你只会骗我，你还想骗我爹！你这个魔鬼，你走开！走开……不要来烦我……我恨你！我恨你……"

雨凤边说边退，云飞节节进逼：

"你冷静一点，你这样激动，我说的任何话，你都听不进去，你不听我解释，误会怎么可能消除呢？"他眼看她向一根倾圯的柱子退去，不禁紧张地喊："不要再退了，你后面有一根大木头，快要倒塌了……"

雨凤回头看看，已经退无可退，顿时狂怒钻心，脑子昏乱，尖锐地喊：

"你不要过来！不要碰我！你听到没有？不要过来！不要靠近我……"

云飞往前一冲，坚决地说：

"对不起，我一定要过来，我们从头谈起……"

他冲上来，就迅速地张开双手，去抱她。

倏然之间，雨凤从口袋里抽出利刃，想也不想，就直刺过去，嘴里狂喊着：

"我杀了你……"

云飞完全没有料到有此一招，还来不及反应，利刃已经从他的右腰，直刺进去。

雨凤惊慌失措地拔出刀来，血也跟着飞溅而出。

云飞怔住，抬起头来，睁大眼睛，不敢相信地瞪着她。

当的一声，雨凤手中的刀落地。她脸孔苍白如死，眼睛睁得比云飞的还大，也死死地瞪着云飞。

在远远观看的阿超，这时才觉得情况不对，赶紧跳下马车，扑奔过来。等他到了两人面前，一见血与刀，立即吓得魂飞魄散：

"天啊！"阿超大叫，一把扶住了摇摇欲坠的云飞，气急败坏地瞪着雨凤："你做什么？你这是做什么？他这样一心一意地待你，你要杀他？"

云飞用手压住伤口，血像泉水般往外冒，他根本不看伤口，眼光只是一瞬也不瞬地盯着雨凤，里面闪着痛楚、迷惘和惊愕：

"你捅了我一刀？你居然捅了我一刀？"他喃喃地问："你有刀？你为什么带刀？你不知道我会来找你，所以，你的刀绝不是为了对付我而准备的……"他心中一阵绞痛，惊得满头冷汗："你为什么带刀？难道，预备自寻了断？如果我不及时赶到，你是不是预备一死了之？"

雨凤哪里还能回答，眼看着鲜血一直从云飞指缝中涌出，她脑子里一片空白，心中一片剧痛，痛得神志都不清了，她泪如雨下，泣不成声：

"我不是要杀你……我不是要杀你……你为什么要过来？"她昏乱地看阿超："怎么办？怎么办？"

阿超吓得心慌意乱，扶着云飞大喊：

"快上车去，我们去找大夫……"

云飞挣扎了一下，不肯上车，眼光仍然死死地盯着雨凤，被自己醒悟到的那个事实惊吓着，震动地说：

"这么说，我代你挨了这一刀……"

"快走啊！"阿超扶着云飞，急喊，"不要再说了！"

云飞跟跄后退：

"不忙，我跟雨凤的话还没有谈完……"

阿超大急，愤然狂喊：

"雨凤姑娘，你快跟着上车吧！再谈下去，他这条命就没有了！你一定要他流血到死，你才满意吗？"

雨凤呆呆地愣在那儿，完全昏乱了。

云飞这时，已经支持不住，颓然欲倒。阿超什么都顾不得了，扛起他，飞奔到马车那儿。云飞在他肩上，仍然挣扎地喊着：

"雨凤！你不能丢下雨凤……她手上有刀……她会寻死呀……"

阿超把云飞放进车里，飞跃而回，把雨凤也扛上了肩，脚不沾尘地奔回马车，把她往车上一推，对她急促地大喊：

"求求你，别再给我出事，车上有衣服，撕开做绷带，想办法把血止住，我来驾车！送他去医院！"

阿超跳上驾驶座，一拉马缰，大吼着：

"驾！驾……"

马车向前疾驶而去。

雨凤看着躺在座位上，脸色惨白的云飞，心里像撕裂一样地痛楚着。此时此刻，她记不得他姓展，记不得他的坏，他快死了！她杀了他！这个在水边救她，在她绝望时支持她，爱护她的男人，这个她深爱的男人……她杀了他！她心慌意乱地四面找寻，找到一件衣服，就一面哭着，一面手忙脚乱地撕开衣服，去试图绑住伤口。但是，她不会绑，血又不断涌出，布条才塞过去，就迅速染红了。她没办法，就用布条按住伤口，泪水便点点滴滴滚落。

"天啊！怎么办？怎么办？"她惶急地喊。

云飞伸手去按住她的手：

"听我说……不要去管那个伤口了……我有很重要的话要告诉你……"

雨凤拼命去按住伤口：

"可是……我没办法止住血……怎么办？怎么办？"

"雨凤！"云飞焦急地喊，"我说不要管那个伤口了，你听我说，等会儿我们先把你送回家，你回去之后，不要跟任何人说这件事，如果瞒不住雨鹃他们，也要让他们保密……"他说着，伤口一阵剧痛，忍不住吸气，"免得……免得有麻烦……你懂吗？我家不是普通家庭，他们会小题大做的，你懂吗？懂吗？"

雨凤怎么听得进去，只是瞪着那个伤口，瞪着那染血的布条，泪落如雨，一句话都说不出来。

"听我说！"云飞伸手，摇了摇她，"我回家之后，什么都不会说，所以你千万别张扬出来，我会和阿超把真相隐瞒住，不会让家里知道我受伤了……"

雨凤的泪，更是疯狂地坠落：

"你流这么多血，怎么可能瞒得住？"

云飞盯着她的眼睛，眼底，是一片温柔；声音里，是更多的温柔。

"没有很严重，只是一点小伤，等会儿到医院包扎一下就没事了，你放心……我向你保证，真的没有很严重！过两天，就又可以来听你唱歌了。"

雨凤哇的一声，失声痛哭了。

云飞握紧她的手，被她的痛哭，搞得心慌意乱：

"你别哭，但是要答应我一件事，算是我求你！"

她哭着，无法说话。

"不可以再有轻生的念头，绝对绝对不可以……我可能这两天，不能来看你，你别让我担心，好不好？不看在我面上，看在你弟弟妹妹面上，好不好？如果他们失去了你，他们要怎么办？"云飞的声音，已经变成哀求。

她崩溃了，哭倒在他胸前。他很痛，已经弄不清楚是伤口在痛，还是为了她而心痛。他也很急，有一肚子的话要说，很怕自己会撑持不住晕过去，他拼命要维持自己清醒，固执地说：

"答应我……请你答应我！"

雨凤好害怕，怕他死去，这个时候，他说什么，她都会听他的。她点头。

"我……答应你！"她哽咽着。

他吐出一口长气：

"这样……我就比较放心了，至于其他的事，我现在说不清楚，请你给我机会，让我向你解释……我并不是坏人，那天在亭子里，我差一点都告诉你了，可是，你叫我不要说，我才没说。真的不是安心欺骗你……"

雨凤看到手里的布条全部被血浸湿了，自己的血液好像跟着流出，连自己的生命，都跟着流失。

车子驶进了城，云飞提着精神喊：

"阿超！阿超……"

阿超回头，喊着：

"怎样？你再撑一会儿，我马上送你去医院！"

"先送雨凤回去……"

"当然先送你去医院！"

云飞生气地叫：

"你要不要听我？"

阿超无可奈何，只得把车子驶向萧家小院门口。

车子停了，雨凤慌乱地再看了一眼云飞，转身想跳下车。他看着她，好舍不得，握着她的手，一时之间，不曾松手。

她回头看他，泪眼凝注。千般后悔，万斛柔情，全在泪眼凝注里。

他好温柔好温柔地说：

"保重！"

雨凤眼睛一闭，一大串的泪珠，扑簌滚落。她怕耽误了医治的时间，抽手回身，跳下车去。

阿超急忙驾车离去了。

雨鹃听到车声，从小院里直奔而出，一见到雨凤，又惊又喜：

"你到哪里去了？小三小四都去找你了，我把小五托给珍珠，正预备去……"忽然发现雨凤一身血迹，满脸泪痕，大惊失色，惊叫："你怎么了？你受伤了？"

雨凤向房里奔去，哭着喊：

"不是我的血，不是我！"

雨鹃又惊又疑，跟着她跑进去。雨凤冲到水缸旁边，舀了水，就往身上没头没脑地淋去。雨鹃瞪大眼睛看着她，赶紧去拿了一套干净的衣服出来。

片刻以后，雨凤已经梳洗过了，换了干净的衣服，含泪坐在床上。面颊上，一点血色都没有。她幽幽地、简单地述说了事情的经过。

雨鹃听着，睁大眼睛看着她，震惊着，完全无法置信：

"你就这样捅了他一刀？他还把你先送回家？"

雨凤拼命点头。

"你觉得那一刀严重吗？有没有生命危险？"

雨凤痛楚地吸气：

"我觉得好严重，可是，他一直说不严重，我也不知道真正情况是怎样。"

雨鹃又是震撼，又是混乱：

"你带了刀去寄傲山庄，你想自杀？"一股恐惧蓦然捉住了她，她一唬地站起身来，生气地喊："你气死我了！如果你死了，你让我一个人怎么办？不是说好了一个报仇，一个养育弟妹吗？你这样做太自私了！"

"谁跟你说好什么？不过……我还活着呀！我没死呀！而且，我以后也不会再做这种事了！"雨凤痛定思痛地说。

雨鹃想想，心乱如麻，在室内走来走去：

"如果这个展云飞死了，警察会不会来抓你？"

雨凤惊跳起来，心惊胆战，哀求地喊：

"求求你，不要说'死'字，不会的，不会的……他一路都在跟我说话，他神志一直都很清楚，他还能安排这个，安排那个，他还会安慰我……他怎么会死呢？他不会！一定不会！"

雨鹃定定地看着她：

"你虽然捅了他一刀，可你还是爱着他！"

雨凤的心，一丝丝地崩裂，裂成数不清的碎片：

"我不知道！我不知道是爱还是恨，可是，我并没有要他死啊？平常，我连一只小蚂蚁都不杀的……可现在，我会去杀人，我觉得，我好可怕！我怎么会变成这样呢？"

雨鹃振作了一下，拍拍她的肩：

"不要那么自责，换作我，也会一刀子捅过去的！我觉得好遗憾，为什么捅的不是展云翔呢？不过，他们展家人，不论谁挨了刀子，都是罪有应得！你根本不必难过！他会跑到寄傲山庄去挨你一刀，难道不是爹冥冥中把他带去的吗？"

雨凤打了一个冷颤，这个说法让她不寒而栗：

"不会的！爹不会这样的！"

"我认为就是这样的！"雨鹃满屋乱绕，情绪激动而混乱，忽然站定，看着雨凤说，"不管这个展云飞的伤势如何，展家不会放过我们的！说不定，会把我们五个人都关到牢里去！我看，我们去找金银花商量一下吧！"

"可是……可是……他跟我说，要我们保密，不要告诉任何人，说是张扬出去就会有麻烦……他还说，他和阿超会掩饰过去，不会让家里的人发现他受伤……"

雨鹃抬高眉毛：

"这可能吗？你相信他？"

"我相信他，我真的相信他。"雨凤含泪点头。

"可是，万一他伤势沉重，瞒不过去呢？"

"我觉得，他会千方百计瞒过去！"

"那万一他死了呢？"

雨凤的眼泪，又夺眶而出：

"你又来了，为什么一定要这样说呢？不会不会嘛……"

雨鹃还要说什么，小三和小四回来了。一见到雨凤，就兴奋地奔进门来。

"大姊！你去哪里了？我们把整个桐城都找遍了！大庙小庙全都去了，我连鞋子都走破了！"小三喊。

雨凤看到弟妹，恍如隔世，一把搂住小三，痛楚地喊：

"对不起，对不起。"

小四忍不住报告：

"早上，慕白大哥……不，展混蛋有来找你耶！"

雨凤心中一抽，眼泪又落下。

雨鹃忽然想起：

"我去把小五叫回来！"

一会儿，小五回来了，立即就冲进了雨凤怀里，尖叫着说：

"大姊！大姊！我以为你和爹娘一样，不要我们了！"

小五一句话，使雨凤更是哽咽不止，雨鹃想到差点要失去她了，也不禁湿了眼眶。雨凤伸手，将弟弟妹妹们紧紧搂住，不胜寒瑟地说：

"抱着我，请你们抱着我！"

小三、小五立刻将雨凤紧紧搂住。雨鹃吸了吸鼻子，伸手握紧雨凤的手：

"无论如何，我们五个还是紧紧地靠在一起，不管现在的情况多么混乱，我们先照旧过日子，看看未来的发展再说！最重要的，是你再也不可以钻牛角尖了！"

雨凤掉着眼泪，点着头，紧紧地搂着弟妹，想从弟妹身上，找到支持住自己的力量。心里，却在辗转呼号着：苍天啊！帮助我忘了他！帮助他好好活着！

云飞和阿超回到家里的时候，已经是黄昏了。伤口缝了线，包扎过了，医生说是必须住院，云飞坚持回家，阿超毫无办法，只得把他带回家。一路上，两人已经商量好了如何"混进"家门。

马车驶进了展家庭院，一直到了第二进院落，阿超才把车子停在一棵隐蔽的大树下。他跳下车子，打开车门，小心翼翼地扶住云飞。云飞早已换了干净的长衫，身上的血迹全部清洗干净。但是，毕竟失血太多，他虽然拼命支撑，仍然站立不稳，脸色苍白。阿超几乎是架着他往里走。他的头靠在阿超肩上，走得东倒西歪，嘴里有一句没一句地唱着平剧《上天台》，装成喝醉酒的样子。

老罗和几个家丁急忙迎上前来。老罗惊讶地问：

"怎么回事？"

阿超连忙回答：

"没事没事，喝多了！我扶他进去睡一觉就好了，你可别惊动老爷和太太！"

"我知道，我知道，我来帮忙！"老罗说，就要过来帮忙扶。

"不用了，我一个人来就行了，你忙你的去！"阿超急忙阻止，对家丁们挥手，"你们也去！人多了，反而碍手碍脚！"

"是！"老罗满面怀疑地退开。

阿超扶着云飞，快步走进长廊。两个丫头迎上前来，伸手又要扶。

"去去去！都别过来，他刚刚吐了一身，弄脏我一个人就算了！"阿超说着，架着云飞，就匆匆进房。

他们两个，谁都没有注意，远远地，一棵大树后面，天虹正隐在那儿，惊疑不定地看着他们，整个人都紧绷着。

好不容易进了房间，云飞就失去了所有的力气。阿超把他一把抱上了床，拉开棉被，把他密密地盖住。

"总算把老罗他们唬过去了！"阿超惊魂稍定，一直挥汗，"以后，二少爷又可以说了，大白天就醉酒，荒唐再加一条。"低头看他，"你觉得怎样？"

云飞勉强地笑笑：

"大夫不是都说了，伤口长好，就没事了吗？"

阿超好生气：

"大夫不是这样说的，大夫说，刀子再偏半寸，你就没命了！说你失血过多，一定要好好休息和调养！现在，我得去处理车上那些染血的脏衣服，你一个人在这儿，有关系没有？"

"你赶快去，处理干净一点，别留下任何痕迹来！"云飞挥手说。

阿超转身要走，想想不放心：

"我把齐妈叫来，好不好？你伤成这样，想要瞒家里每一个人，我觉得实在不可能，何况，你还要换药洗澡什么的，我可弄不来，齐妈口风很紧，又是你的奶妈，我们可以信任她！"

"就怕齐妈一知道，就会惊动娘！"云飞很犹豫。

"可是，你还要上药换药啊！还得炖一点补品来吃才行啊！"

云飞叹气，支持到现在，已经头晕眼花了，实在没有力气再深思了：

"好吧！可是，你一定要盯着齐妈，代我保密……要不然，雨凤就完了……还有，叫丫头们都不要进房……"

"我知道，我知道，你就别操心了！"

阿超急急地走了。

云飞顿时像个气已泄尽的皮球，整个人瘫痪下来。闭上眼睛，他什么力气都没有了。

一声门响，天虹冒险进来，四顾无人，就直趋床边，她低头看他。云飞的苍白震撼了她。她惊恐地看着他，害怕极了，担心极了，低声问：

"云飞，云飞，你到底怎样了？你不是醉酒，你……"

云飞已经快要昏迷了，听到声音，以为是齐妈，就软弱地叮嘱：

"齐妈，千万别让老爷和太太知道……我好渴……给我一点水……"

天虹冲到桌前，双手颤抖地倒了一杯茶，茶壶和杯子都碰得叮当响。她奔回床边，扶着他的头，把杯子凑到他嘴边。云飞睁开眼睛一看，见到天虹，大吃一惊，差点从床上弹起来，把天虹手里的杯子，都撞落到地上去了。

"天虹……你怎么来了？"

"我看到你进门，我不相信你醉了，我必须弄清楚，你是怎么了？"

云飞有气无力地说：

"你出去，你快走！你待在这儿，给云翔知道了，你的日子更难过了，快走，不要管我，忘记你看到的，就当我醉了……"

天虹盯着云飞，心里又急又怕。忽然间，她什么都不管，就伸手一把掀开棉被，云飞一急，本能地就用手护住伤口，天虹激动地拉开他的手，看到染血的绷带。她立即眼前发黑，快晕倒了，喊：

"啊……你受伤了！你受伤了……"

云飞急坏了，低喊：

"求求你，不要叫……不要叫……你要把全家都吵来吗？"

天虹用手堵住了自己的嘴，激动得一塌糊涂：

"是云翔！是不是？云翔，他要杀你，是不是？是不是？"

"不是！不是！"云飞又急又衰弱。

这时，齐妈和阿超急急忙忙地进来，一看到天虹，齐妈和阿超都傻了。

齐妈回过神来，就慌忙把天虹往门外推去：

"天虹小姐，你赶快回去，如果给人看到你在这儿，你就有几百张嘴，都说不清了！二少爷那个脾气，怎么会放过你，你在玩命呀！"

天虹抓着门框，不肯走：

"可是云飞受伤了，我要弄清楚是怎么回事……我要看看严重不严重，我不能这样就走……"

云飞忍着痛，喊：

"天虹，你过来！"

天虹跑回床边，盯着他。他吸口气，看着她，真挚地说：

"我坦白告诉你，请你帮我保密……我受伤和云翔有间接关系，没直接关系，刺我一刀的是雨凤，那个我要娶的姑娘……这个故事太复杂，我没有力气说，我让阿超告诉你……请你无论如何，紧守这个秘密，好吗？我现在无法保护雨凤，万一爹知道了，她们会遭殃的……我在这儿谢谢你了……"他说着，就勉强支撑起身子，在枕上磕头。

齐妈又是心疼，又是着急，急忙压住云飞，哀求地说：

"你就省省力气吧！已经伤成这个样子了，还不躺着别

195

动！"她抬头对天虹打躬作揖："天虹小姐！你快走吧！"

天虹震撼着。如此巨大的震动，使她连思考的能力都没有了。

阿超把她胳臂一拉：

"我送你出去！"

她就怔怔地，呆呆地，被动地跟着阿超出去了。

云飞虚脱地倒进床，闭上眼睛，真的一点力气都没有了。

雨凤神思恍惚地过了两天，觉得自己已经病了。

展家那儿，一点消息都没有。云飞不知怎样，阿超也没出现，好在云翔也没再来。雨凤和雨鹃照常表演，可是，雨凤魂不守舍，怎样也没办法集中精神。站在台上，看着云飞空下的位子，简直心如刀绞。连着两天，姊妹俩只能唱"楼台会"，两人站在那儿边唱边掉泪。金银花看在眼里，叹在心里。

这晚，金银花到了后台，对姊妹俩郑重地说：

"关于你们姊妹俩的事，我和郑老板仔细地谈过了。你们或者不知道，这桐城的两大势力，一个是控制粮食和钱庄的展家，一个是大风煤矿的郑家，平常被称为'展城南，郑城北'。两家各做各的，平常井水不犯河水。现在，为了你们姊妹两个，郑老板已经交代下去，以后全力保护你们，这个风声只要放出去，展家就不敢随便动你们了！"

雨鹃有点怀疑：

"我觉得那个'展夜枭'是天不怕，地不怕的！"

金银花摇摇头：

"没有人是天不怕，地不怕的！何况他有爹有娘，还有个娇滴滴的老婆呢！总之，我要告诉你们的就是，不必怕他们了，以后，我猜他们也不敢随便来闹我的场！但是，你们两个怎样？"

雨鹃一愣：

"什么我们两个怎样？"

金银花加重了语气：

"你们两个要不要闹我的场呢？会不会唱到一半，看到他们来了，就拿刀拿枪地冲下台去呢？如果你们会这样发疯，我只有把丑话说在前面，你们就另外找工作吧，我待月楼不敢招惹你们！"

雨鹃和雨凤相对一看：

"我懂了，我答应你，以后绝对不在待月楼里面跟人家起冲突，但是，离开了待月楼……"

金银花迅速地接口：

"离开了待月楼，你要怎样闹，要杀人放火，我都管不着！只是，你们还年轻，做任何事情以前，先想想后果是真的！这桐城好歹还有王法……"

雨鹃一个激动，愤怒地说：

"王法！王法不是为我们小老百姓定的，是为他们有钱有势的人定的……"

"哈！你知道这一点就好！我要告诉你的也是这一句，你会有一肚子冤屈，没地方告状，那展家可不会！你们伤了他一根寒毛，五百个衙门都管得着你！"金银花挑起眉毛，提高声音说。

雨鹃一惊，不禁去看雨凤。雨凤脸孔像一张白纸，一点血色都没有。她心里这才明白，云飞千叮咛、万嘱咐，要她守口如瓶，不是过虑。

"反正，我这儿是个酒楼，任何客人来我这儿喝酒吃饭，我都不能拒绝，何况是他们展家的人呢！所以，下次展家的人来了，管他是哥哥还是弟弟，你们两个小心应付，不许出任何状况，行不行？"

雨鹃只得点头。

金银花这才嫣然一笑，说：

"这就没错了……"她看着雨鹃，语重心长地说："其实，要整一个人，不一定要把他杀死，整得他不死不活，自己又没责任，那才算本领呢！"

这句话，雨鹃可听进去了。整天整夜，脑子里就在想如何可以把人"整得不死不活，自己又没责任"。至于雨凤那份凄惶无助，担心痛楚，她也无力去安慰了。

夜里，雨凤是彻夜无眠的。站在窗子前面，凝视着窗外的夜空，她一遍又一遍祈祷：让他没事，让他好起来！她也一遍又一遍自言自语：

"不知道他怎么样了？流那么多血，一定很严重，怎么可能瞒住全家呢？但是，到现在还没有任何动静，大概他真的瞒过去了……那么深的一刀，会不会伤到内脏呢？一定痛死去……可是，他没有叫过一声痛……天啊……"她用手捧着头，衷心如捣，"我好想知道他好不好，谁能告诉我，他好不好？"

床上，雨鹃翻了一个身，摸摸身边，没有雨凤，吓得一惊而醒：

"雨凤！雨凤！"

"我在这儿！"

雨鹃透口气：

"你昨晚就一夜没睡，你现在又不睡，明天怎么上台？过来，快睡吧，我们两个，都需要好好地睡一觉，睡足了，脑子才管用！才能想……怎样可以把人整得不死不活，又不犯法……"

雨凤心中愁苦：

"你脑子里只有报仇吗？"

雨鹃烦躁地一掀棉被：

"当然！我没有空余的脑子来谈恋爱，免得像你一样，被人家耍得团团转，到现在还头脑不清，颠三倒四！"

雨凤怔住，心脏立即痉挛起来。

雨鹃话一出口，已是后悔莫及，她翻身下床，飞快地跑过来，把雨凤紧紧一抱，充满感情地喊：

"我不是有意要刺激你，我是在代你着急啊！醒过来吧，醒过来吧！不要再去爱那个人了！那是一个披着人皮的狼啊！"

雨凤眼泪一掉，紧紧地依偎着雨鹃，心里辗转地呼号：我好想好想那只披着人皮的狼啊！怎么办？怎么办？

10

这天早上，有人在敲院子的大门，小三跑去开门。门一开，外面站着的赫然是阿超。小三一呆，想立即把门关上，阿超早已顶住门，一跨步就进来了。

"我们不跟你做朋友了，你赶快走！"小三喊。

"我只说几句话，说完我就走！"

雨凤、雨鹃听到声音，跑出门来。雨鹃一看到阿超，就气不打一处来，喊着说：

"你来干什么？我们没有人要跟你说话，也没有人要听你说话，你识相一点，就自己出去！我看在你不是'元凶'的分上，不跟你算账！你走！"

"好好的一个姑娘，何必这样凶巴巴？什么'元凶'不'元凶'，真正受伤的人躺在家里不能动，人家可一个'凶'字都没用！"阿超摇头说。

雨凤看到阿超，眼睛都直了，也不管雨鹃怎么怒气腾腾，她就热切地盯着阿超，颤抖着声音，急促地问：

"他，他，他怎样？"

"我们可不可以出去说话！"

"不可以！"雨鹃大声说。

雨凤急急地把她往后一推，哀求地看着她：

"我去跟他说两句话，马上就回来！"

雨鹃生气地摇头，雨凤眼中已满是泪水：

"我保证，我只是要了解一下状况，我只去一会儿！"

雨凤说完，就摞下雨鹃，转身跟着阿超，急急地跑出门去。

到了巷子口，雨凤再也沉不住气，站住了，激动地问：

"快告诉我，他怎么样？严不严重？"

阿超心里有气，大声地说：

"怎么不严重？刀子偏半寸就没命了！流了那么多血，现在躺在那儿动也不能动，我看，就快完蛋了！大概拖不了几天了！"

雨凤听了，脸色惨变，脚下一软，就要晕倒。阿超急忙扶住，摇着她喊：

"没有！没有！我骗你的！因为雨鹃姑娘太凶了，我才这样说的！你想，如果他真的快完蛋，我还能跑来跟你送信吗？"

雨凤靠在墙上，惊魂未定，脸色白得像纸，身子单薄得也像纸，风吹一吹好像就会碎掉，她喘息地问：

"那，那，那……他到底怎样？"

阿超看到她这种样子，不忍心再捉弄她了，正色地，诚恳地说：

"那天，到圣心医院里，找外国大夫，缝了十几针，现在不流血了。可是，他失血过多，衰弱极了，好在家里滋补的药材一大堆，现在拼命给他补，他自己也恨不得马上好起来，所以，有药就吃，有汤就喝，从来生病，没有这么听话过！"

雨凤拼命忍住泪：

"家里的人，瞒过去了吗？"

"好难啊！没办法瞒每一个人，齐妈什么都知道了，我们需要她来帮忙，换药换绷带什么的，齐妈不会多说话，她是最忠于大少爷的人。至于老爷，我们告诉他，大少爷害了重伤风，会传染，要他不要接近大少爷，他进去看了看，反正棉被盖得紧紧的，他也看不出什么来，就相信了！"

"那……他的娘呢？也没看出来吗？"

"太太就难了，听到大少爷生病，她才不管传染不传染，一定要守着他。急得我们手忙脚乱，还好齐妈机灵，总算掩饰过去了，太太自己的身体不好，所以没办法一直守着……不过，苦了大少爷，伤口又痛，心里又急，还不能休息，一直要演戏，又担心你这样，担心你那样，担心得不得了。就这样折腾，才两天，整个人已经瘦了一大圈……"

雨凤再也控制不住自己，泪珠落下，她急忙掏出手帕拭泪。阿超看到她流泪，一惊，在自己脑袋上敲了一记：

"瞧我笨嘛！大少爷千叮咛，万嘱咐，要我告诉你，他什么都好，一点都不严重，不痛也没难受，过两天就可以下床了，要你不要着急！"

雨凤听了，眼泪更多了。

"还有呢，大少爷非常担心，怕二少爷还会去待月楼找你们的麻烦，他说，要你们千万忍耐，不要跟他起冲突，见到他就当没看见，免得吃亏！"

雨凤点点头，吸着鼻子：

"还好，这两个晚上，他都没来！"

"还有一件事很重要，家里都知道你们姊妹了！因为大少爷告诉老爷太太，他要娶你！所以，万一有什么人代表展家来找你们谈判，你们可别动肝火……他说，没有人能代表他做任何事，要你信任他！"阿超又郑重地说。

雨凤大惊：

"什么？他告诉了家里他要娶我……可是，我根本不要嫁他啊！"

"他本来想写一封信给你，可是，他握着笔，手都会发抖……结果信也没写成……"

雨凤听得心里发冷，盯着他问：

"阿超！你老实告诉我，他是不是伤得很严重？"

阿超叹口气，凝视她，沉声地说：

"刀子是你捅下去的，你想呢？"

她立刻用手蒙住嘴，阻止自己哭出来。阿超看到她这个样子，一个冲动，说：

"雨凤姑娘，我有一个建议！"

她抬起泪眼看他。

"他有好多话要跟你说，你又有好多话要问，我夹在中间，讲也讲不清楚，不知道你愿不愿意见他一面？我把你悄悄带进去，再悄悄带出来，管保没有人知道！"

雨凤急急一退，大震抬头，激动地说：

"你到底把我想成什么人？我所以会站在这儿，听你讲这么多，实在因为我一时失手，捅了他一刀，心里很难过！可是，我今生今世，都不可能跟展家的人做朋友，更不可能走进展家的大门！我现在已经听够了，我走了！"

说完，她用手蒙着嘴，转身就跑。

"雨凤姑娘！"阿超急喊。

雨凤不由自主，又站住了。

"你都没有一句话要我带给他吗？"

她低下头去，心里千回百转，爱恨交织，简直不知从何说起。沉默半晌，终于抬起头来：

"你告诉他，我好想念那个苏慕白，可是，我好恨那个展云飞！"她说完，掉头又跑。阿超追着她喊：

"明天早上八点，我还在这儿等你！如果你想知道大少爷的情况，就来找我！说不定他会写封信给你。雨鹃姑娘太凶，我不去敲门，你不来我就走了！"

雨凤停了停，回头看了一眼。尽管阿超不懂男女之情，但是，雨凤眼中的那份凄绝，那份无奈，那份痛楚……却让他深深地撼动了。

所以，阿超回到家里，忍不住对云飞绘声绘色地说：

"这个传话真的不好传，我差点被雨鹃姑娘用乱棍打死，好不容易把雨凤姑娘拉到巷子里，我才说了两句，雨凤姑娘就厥过去了！"

云飞从床上猛地坐起来，起身太急，牵动伤口，痛得直吸气：

"什么？你跟她说了什么？你说了什么？"

"那个雨鹃姑娘实在太气人了，我心里有气，同时，也想代你试探一下，这个雨凤姑娘到底对你怎样，所以，我就告诉她，你只剩一口气了，拖不过几天了，就快完了！谁知道，雨凤姑娘一听这话，眼睛一瞪，人就厥过去了……"阿超说。

云飞急得想跳下床来：

"阿超……我揍你……"

阿超急忙更正：

"我说得太夸张了，事实上，是'差一点'就厥过去了！"

齐妈过来，把云飞按回床上，对阿超气呼呼地说：

"你怎么回事？这个节骨眼，你还要跟他开玩笑？到底那雨凤姑娘是怎样？"

阿超看着云飞，正色地，感动地叹了口气：

"真的差点厥过去了，还好我扶得快……我觉得，这一刀虽然是捅在你身上，好像比捅在她自己身上，还让她痛！可是……"

"可是什么？"云飞好急。

"可是，她对展家，真的是恨得咬牙切齿。她说有一句话要带给你：她好想念那个苏慕白，可是，好恨那个展云飞！"

云飞震动地看着阿超，往床上一倒：

"唉，我急死了，怎样才能见她一面呢？"

第二天一早，雨凤实在顾不着雨鹃会不会生气，就迫不及待地到了巷子口。

她一眼看到云飞那辆马车停在那儿，阿超在车子旁边走来走去，等待着。她就跑上前去，期盼地问：

"阿超，我来了。他好些没有？有没有写信给我？"

阿超把车门打开：

"你上车，我们到前面公园里去说话！"

"我不要！"雨凤一退。

阿超把她拉到车门旁边来：

"上车吧！我不会害你的！"

雨凤还待挣扎，车上，有个声音温柔地响了起来：

"雨凤！上车吧！"

雨凤大惊，往车里一看，车上赫然躺着云飞。雨凤不能呼吸了，眼睛瞪得好大：

"你……你怎么来了？"

"你不肯来见我，只好我来见你了！"云飞软弱地一笑。

阿超在一边插嘴：

"他发疯了，说是非见你不可，我没办法，只好顺着他，你要是再不上车，他八成会跳下车来，大夫已经再三叮嘱，这伤口就怕动……"

阿超的话还没说完，雨凤已经钻进车子里去了。阿超一面关上车门，一面说：

"我慢慢驾车，你们快快谈！"阿超跳上驾驶座，车子踢踢踏踏向前而去。

雨凤身不由己地上了车。看到椅垫上铺着厚厚的毛毯，云飞形容憔悴地躺在椅垫上，两眼都凹陷下去了，显得眼珠特别地黑。唇边虽然带着笑，脸色却难看极了。雨凤看到他这么憔悴，已经整颗心都像扭麻花一样，绞成一团。他看到雨凤上了车，还想支撑着坐起身，一动，牵动伤口，痛得咬牙吸气。

她立即扑跪过去，按住他的身子，泪水一下子就冲进了眼眶：

"你不要动！你躺着就好！"

云飞依言躺下，凝视着她：

"好像已经三百年没有看到你了……"他伸手去握她的手："你好不好？"

雨凤想把自己的手抽回来，他紧握着不放。她闭了闭眼睛，泪珠滚落：

"我怎么会好呢？"

他抬起一只手来，拭去她的泪，歉声地说：

"对不起。"

她立即崩溃了，一面哭着，一面喊：

"你还要这样说！我已经捅了你一刀，把你弄成这样，我心里难过得快要死掉，你还在跟我说'对不起'，我不要听你说'对不起'，我承受不起你的'对不起'！"

"好好！我不说对不起，你不要激动，我说'如果'，好不好?"

雨凤掏出手帕,狼狈地拭去泪痕。

"'如果'我不是展云飞,'如果'我和你一样恨展云翔,'如果'我是展家的逃兵,'如果'我确实是苏慕白……你是不是还会爱我?"他深深切切地瞅着她。

雨凤柔肠寸断了:

"你说这些还有什么用?你的'如果论'全是虚幻的,全是不可能的,事实就是你骗了我,事实你就是展云飞……我……"她忽然惊觉,怎么?她竟然还和他见面!他是展云飞啊!她看看四周,顿时慌乱起来:"怎么糊里糊涂又上了你的车,雨鹃会把我骂死!不行,不行……"她用力抽出手,跳起来,喊:"阿超,停车!我要下车!"又看了云飞一眼:"我不能跟你再见面了!"

云飞着急,伸手去拉她:

"坐下来,请你坐下来!"

"我不要坐下来!"她激动地喊。

云飞一急,从椅垫上跳起来,伸手用力拉住她。这样跳动,伤口就一阵剧痛,他咬紧牙关,站立不住,踉跄地跌坐在椅子上,大颗大颗的汗珠,从额上滚下。他挣扎忍痛,弯腰按住伤口,痛苦地说:

"雨凤,我真的会被你害死!"

她睁大眼睛看着他,跟着他吸气,跟着他冒出冷汗,好像痛的是她自己。

"你……你……好痛,是不是?"她颤声问。

"'如果'你肯好好地坐下，我就比较不痛了！"

她扶着椅垫，呆呆地坐下，双眼紧紧地看着他，害怕地说：

"让马车停下来，好不好？这样一直颠来颠去，不是会震动伤口吗？"

"'如果'你不逃走，'如果'你肯跟我好好谈，我就叫阿超停车。"

她投降了，眼泪一掉：

"我不逃走，我听你说！"

阿超把马车一直驶到桐城的西郊，玉带溪从原野上缓缓流过。四周一个人影都没有，安静极了。阿超看到前面有绿树浓荫，周围风景如画，就把车子停下。把云飞扶下车子，扶到一棵大树下面去坐着，再把车上的毛毯抱过来，给他垫在身后。雨凤也忙着为他铺毛毯，盖衣服，塞靠垫。阿超看到雨凤这样，稍稍放心，他就远远地避到一边，带着马儿去吃草。但是，他的眼神却不时瞟了过来，密切注意着两人的行动，生怕雨凤再出花样。

云飞背靠着大树，膝上，放着一本书。他把书递到雨凤手中，诚挚地说：

"一直不敢把这本书拿给你看，因为觉得写得不好，如果是外行的人看了，我不会脸红。但是，你不同，你有很好的文学修养，你又是我最重视的人，我生怕在你面前，暴露我的弱点……这本书，也就一直不敢拿出来，现在，是没办法了！"

雨凤狐疑地低头，看到书的封面印着："生命之歌　苏慕白著"。

　　"苏慕白？"她一震，惊讶地抬起头来。

　　"是的，苏慕白。这是我的笔名。苏轼的苏，李白的白，我羡慕这两个人，取了这个名字。所以，你看，我并不是完全骗你，苏慕白确实是我的名字。"

　　"这本书是你写的？"她困惑地凝视他。

　　"是的，你拿回去慢慢看。看了，可能对我这个人，更加深一些了解，你会发现，和你想象的展云飞，是有距离的！"

　　她看看书，又看看他，越来越迷惘：

　　"原来，你是一个作家？"

　　"千万别这么说，我会被吓死。哪有那么容易就成'家'呢！我只是很爱写作而已，我爱所有的艺术，所有美丽的东西，包括：音乐，绘画，写作，你！"

　　她一怔：

　　"你又来了，你就是这样，花言巧语地，把我骗得糊里糊涂！那么……"她忽然眼中闪着光彩，热盼地说："你不是展云飞，对不对？你是他们家收养的……你是他们家的亲戚……"

　　"不对！我是展云飞！人，不能忘本，不能否决你的生命，我确实是展祖望的儿子，云翔是我同父异母的弟弟！"他沉痛地摇头，坦白地说，不能再骗她了。

　　雨凤听到云翔的名字，就像有根鞭子，从她心口猛抽过去，她跳了起来：

"我就是不能接受这个！随你怎么说，我就是不能接受这个！"

他伸手抓住她，哀恳地看着她：

"我今天没办法跟你长篇大论来谈我的思想、我的观念、我的痛苦、我的成长、我的挣扎……这一大堆的东西，因为我真的太衰弱了！请你可怜我抱病来见你这一面，不要和我比体力，好不好？"

她重新坐下，泪眼凝注：

"我真的不知道要怎么办才好！你把我弄得一团乱，我一会儿想到你的好，就难过得想死掉，一会儿想到你的坏，就恨得想死掉……哦，你不会被我害死，我才会被你害死！"

他直视着她，眼光灼灼然地看进她的内心深处去：

"听你这篇话，我好心痛，可是，我也好高兴！因为，你每个字都证明，你是喜欢我的！你不喜欢的，只是我的名字而已！如果你愿意，这一生，你就叫我慕白，没有关系！"

"哪里有一生，我们只有这一刻，因为，见过你这一面以后，我再也不会见你了！"雨凤眼泪又掉下来了。

他瞪着她：

"这不是你的真意！你心里，是想和我在一起的！永远在一起的！"

"我不想！我不想！"她疯狂地摇头。

他伸手捧住她的头，不许她摇头，热切地说：

"不要摇头，你听我说……"

"我不能再听你，我一听你，就会中毒！雨鹃说，你是披着人皮的狼，你是迷惑唐僧的妖怪……你是变化成苏慕白的展云飞……我不能再听你！"

"你这么说，我今天不会放你回去了！"

"你要怎样？把我绑票吗？"

"如果必要，我是会这样做的！"

她一急，用力把他推开，站了起来。他跳起身子，不顾伤口，把她用力捉住。此时此刻，他顾不得痛，见这一面，好难！连阿超那儿，都说了一车子好话。他不能再放过机会！他搂紧了她，就俯头热烈地吻住了她。

他的唇发着热，带着那么炙烈的爱，那么深刻的歉意，那么缠绵的情意，那么痛楚的渴盼……雨凤瓦解了，觉得自己像一座在火山口的冰山，正被熊熊的火，烧烤得整个崩塌。她什么力气都没有了，什么思想都没有了。只想，就这样化为一股烟，缠绕他到天长地久。

水边，阿超回头，看到这一幕，好生安慰，微笑地转头去继续漫步。

一阵意乱情迷之后，雨凤忽然醒觉，惊慌失措地挣脱他："给人看见，我会羞死……"

他热烈地盯着她：

"男女相爱，是天经地义的事，没有什么需要害羞的！何况，这儿除了阿超之外，什么人都没有！阿超最大的优点就是，该看见的他会看见，该看不见的，他就看不见！"

"可是，当我捅你一刀的时候，他就没看见啊！"

"这一刀吗？他是应该看不见的，这是我欠你的！为了……我骗了你，我伤了你的心，我姓展，我的弟弟毁了你的家……让这一刀，杀死你不喜欢的展云飞，留下你喜欢的那个苏慕白，好不好？"

他说得那么温柔，她的心，再度被矛盾挤压成了碎片：

"你太会说话，你把我搞得头昏脑涨，我……我就知道不能听你，一听你就会犯糊涂……我……我……"

她六神无主，茫然失措地抬头看他，这种眼神，使他心都碎了。他激动地再把她一抱：

"嫁我吧！"

"不不不！不行！绝对不行……"

她突然醒觉，觉得脑子轰地一响，思想回来了，意识清醒了，顿时间，觉得无地自容。这个人，是展家的大少爷呀！父亲尸骨未寒，自己竟然投身在他的怀里！她要天上的爹，死不瞑目吗？她心慌意乱，被自责鞭打得遍体鳞伤，想也不想，就用力一推。云飞本来就忍着痛，在勉力支持，被她这样大力一堆，再也站不稳，跌倒在地。痛得抱住肚子，呻吟不止。

雨凤转头要跑，看到他跌倒呻吟，又惊痛不已，扑过来要扶他。

阿超远远一看，不得了！好好抱在一起，怎么转眼间又推撞在地？他几个飞蹿，奔了过来，急忙扶起云飞：

"你们怎么回事？雨凤姑娘，你一定要害死他吗？"

雨凤见阿超已经扶起云飞，就用手捂住嘴，哭着转身飞奔而去。她狂奔了一阵，听到身后马蹄哒哒，回头一看，阿超驾着马车追了上来。

云飞开着车门，对她喊：

"你上车，我送你回去！"

雨凤一面哭，一面跑：

"不不！我不上你的车，我再也不上你的车！"

"我给你的书，你也不要了吗？"他问。

她一怔，站住了：

"你丢下车来给我！"

马车停住，阿超在驾驶座上忍无可忍地大喊：

"雨凤姑娘，你别再折腾他了，他的伤口又在流血了！"

雨凤一听，惊惶、心痛、着急、害怕……各种情绪，一齐涌上心头，理智再度飞走，她情不自禁又跳上了车。

云飞躺着，筋疲力尽，脸色好白好白，眼睛好黑好黑。她跪在他面前，满脸惊痛，哑声喊：

"给我看！伤口怎样了？"

她低下头，去解他的衣纽，想察看伤口。他伸手握住她的手，握得她发痛，然后把她的手紧压在自己的心脏上：

"别看了！那个伤口没流血，这儿在流血！"

雨凤眼睛一闭，泪落如雨。那晶莹的点点滴滴，不是水。这样的热泪不是水，是火山喷出的岩浆，有燃烧般的力量。每一滴都直接穿透他的衣服皮肉，烫痛了他的五脏六腑。他盯着她，恨不得和她一起烧成灰烬。他们就这样相对凝视，一任彼此的眼光，纠纠缠缠，痴痴迷迷。

车子走得好快，转眼间，已经停在萧家小院的门口。

雨凤拿着书，胡乱地擦擦泪，想要下车。他紧紧地拉住她的手，不舍得放开：

"记住，明天早上，我还在巷子里等你！"

"你疯了？"她着急地喊，"你不想好起来是不是？你存心让我活不下去是不是？如果你每天这样动来动去，伤口怎么会好呢？而且，我明天根本不会来，我说了，我们不能再见面了！"

"不管你来不来，我反正会来！"

她凝视他，声音软化了，几乎是哀求地：

"你让我安心，明天好好在家里养病，不要这样折磨我了，好不好？"

他立刻被这样的语气撼动了：

"那么，你也要让我安心，不要再说以后不见面的话，答应我回去好好地想一想，明天，我不来，阿超也会来，你好歹让他带个信给我！"

她哀恻地看了他一眼，不置可否，挣脱了他的手，跳下车。

她还没有敲门，四合院的大门，就"豁啦"一声开了，雨鹃一脸怒气，挺立在门口。阿超一看雨鹃神色不善，马马虎虎地打了一个招呼，就急急驾车而去。

雨鹃对雨凤生气地大叫：

"你又是一大清早就不告而别，一去就整个上午，你要把我们大家吓死吗？"

雨凤拿着书冲进门，雨鹃重重地把门碰上。追着她往屋内走，喊着：

"阿超把你带到哪里去了？你老实告诉我！"

雨凤低头不语。雨鹃越想越疑惑，越想越气，大声说：

"你去跟他见面了，是不是？难道你去了展家？"

"没有！我怎么可能去展家呢？是……他根本就在车上！"

"车上？你不是说他受伤了？"

"他是受伤了，可是，他就带着伤这样来找我，所以我……"

"所以你就跟他又见面了！"雨鹃气坏了，"你这样没出息！我看，什么受伤，八成就是苦肉计，大概是个小针尖一样的伤口，他就给你夸张一下，让你心痛，骗你上当，如果真受伤，怎么可能驾着马车到处跑！你用用大脑吧！"

"你这样说太不公平了！那天，你亲眼看到我衣服上的血迹，你帮我清洗的，那会有假吗？"雨凤忍不住代云飞辩护。

小三、小四、小五听到姊姊的声音，都跑了出来：

"大姊！我们差一点又要全体出动，去找你了！"

小五扑过来，拉住雨凤的手：

"你买了一本书吗？"

雨凤把书放在桌上，小三拿起书来，念着封面：

"生命之歌，苏慕白著。咦，苏慕白！这不就是慕白大哥的名字吗？"

小三这一喊，小四、小五、雨鹃全都伸头去看。

"苏慕白？大姊，真有苏慕白这个人吗？"小四问。

雨凤伸手抢过那本书，看看封面，翻翻里面。满脸惊愕。

“这又是怎么一回事？”

雨凤把书拿回来，很珍惜地抚平封面，低声说：

“这是他写的书，他真的还有一个名字，叫作苏慕白。”

雨鹃瞪着雨凤，忽然之间爆发了：

“嗬！他的花样经还真不少！这会儿又变出一本书来了！明天说不定还有身份证明文件拿给你看，证明他是苏慕白，不是展云飞！搞不好他会分身术，在你面前是苏慕白，回家就是展云飞！”她忍无可忍，对着雨凤大喊：“你怎么还不醒过来？你要糊涂到什么时候？除非他跟展家毫无关系，要不然，他就是我们的仇人，就是烧我们房子的魔鬼，就是杀死爹的凶手……”

“不不！你不能说他是凶手，那天晚上他并不在场，凶手是展云翔……”

雨鹃更气，对雨凤跳脚吼着：

“你看你！你口口声声护着他！你忘了那天晚上，展家来了多少人？一个队伍耶！你忘了他们怎样用马鞭抽我们？对爹拳打脚踢？你忘了展夜枭用马鞭钩着我们的脖子，在那杀人放火的时刻，还要占我们的便宜？你忘了爹抱着小五从火里跑出来，浑身烧得皮开肉绽，面目全非……”

“不要说了，不要再说了……”雨凤用手抱住头，痛苦地叫。

“我怎么能不说，我不说你就全忘了！”雨鹃激烈地喊，“如果有一天，你会叫展祖望做爹，你会做展家的儿媳妇，做展夜枭的嫂嫂，将来还要给展家生儿育女……我们不如今天立刻斩断姊妹关系，我不要认你这个姊姊！你离开我们这个家，我一个人来养弟弟妹妹！"

雨凤听到雨鹃这样说，急痛钻心，哭着喊：

"我说过我要嫁他吗？我说过要进他家的门吗？我不过和他见了一面，你就这样编派我……"

"见一面就有第二面，见第二面就有第三面！如果你不拿出决心来，我们迟早会失去你！如果你认贼作父，你就是我们的敌人，你懂不懂？懂不懂……"

姊妹吵成这样，小三、小四、小五全傻了。小五害怕，又听到雨鹃说起父亲"皮开肉绽"等话，一吓，哇的一声，哭了。

"我要爹！我要爹……"小五喊着。

雨鹃低头对小五一凶：

"爹！爹在地底下，被人活活烧死，喊不回来，也哭不回来了！"

小五又哇的一声，哭得更加厉害。

雨凤对雨鹃脚一跺，红着眼眶喊：

"你太过分了！小五才七岁，你就一点都不顾及她的感觉吗？你好残忍！"

"你才残忍！为了那个大骗子，你要不就想死，要不就去跟他私会！你都没有考虑我们四个人的感觉吗？我们四个人加起来，没有那一个人的分量！连死去的爹加起来，也没有那一个人的分量！你要我们怎么想？我们不是一体的吗？我们不是骨肉相连的吗？我们没有共同的爹，共同的仇恨吗……"

小四看两个姊姊吵得不可开交，脚一跺，喊着：

"你们两个为什么要这样吵吵闹闹吗？自从爹死了之后，你们常常就是这样！我好讨厌你们这样……我不管你们了，我也不要念书了，我去做工，养活我自己，长大了给爹报仇！"他说完，转身就往屋外跑。

雨凤伸手，一把抓住了他，崩溃了，哭着喊：

"好了好了，都是我的错！我不该偷偷跑出去，不该和他见面，不该上他的车，不该认识他，不该不该不该！反正几千几万个不该！现在我知道了，我再也不见他了，不见他了……请你们不要离开我，不要遗弃我吧！"

小五立刻扑进雨凤怀里。

"大姊！大姊，你不哭……你不哭……"小五抽噎着说。

雨凤蹲下身子，把头埋在小五肩上，泣不成声。小五拼命用衣袖帮她拭泪。

小三也泪汪汪，拉拉雨鹃的衣袖：

"二姊！好了啦，别生气了嘛！"

雨鹃眼泪夺眶而出，跪下身子，把雨凤一抱，发自肺腑地喊：

"回到我们身边来吧！我们没有要离开你，是你要离开我们呀！"

雨凤抬头，和雨鹃泪眼相看，什么话都说不出来。五个兄弟姊妹紧拥着，雨凤的心底，是一片凄绝的痛，别了！慕白！她看着那本《生命之歌》，心里崩裂地喊着：你的生命里还有歌，我的生命里，只有弟弟妹妹了！明天……明天的明天……明天的明天的明天……我都不会去见你了！永别了！慕白！

事实上，第二天，云飞也没有去巷口，因为，他没办法去了。

经过是这样的，这天，云翔忽然和祖望一起来"探视"云飞。

其实，自从云飞"醉酒回家"，接着"卧病在床"，种种不合常理的事情，瞒得住祖望，可瞒不住纪总管。他不动声色，调查了一番，就有了结论。当他告诉了云翔的时候，云翔惊异得一塌糊涂：

"你说，老大不是伤风生病？是跟人打架挂彩了？"

"是！我那天听老罗说，阿超把他带回来那个状况，我直觉就是有问题！我想，如果是挂彩，逃不掉要去圣心医院，你知道医院里的人跟我都熟，结果我去一打听，果然！说是有人来找外国大夫治疗刀伤，他用的是假名字，叫作'李大为'，护士对我说，还有一个年轻人陪他，不是阿超是谁？"

"所以呢，这两天我就非常注意他房间的情况，我让小莲没事就在他门外逛来逛去，那个齐妈和阿超几乎整天守在那儿，可是，今天早上，阿超和云飞居然出门了，小莲进去一搜，找到一段染血的绷带！"天尧接着说。

云翔一击掌，在房间里走来走去，兴奋得不得了：

"哈！真有此事？怎么可能呢？阿超整天跟着他，功夫那么好，谁会得手？这个人本领太大了，你有没有打听出来是谁干的，我要去跟他拜把子！"

"事情太突然，我还没有时间打听是谁下的手，现在证明了一件事，他也有仇家，而且，他千方百计不要老爷知道，这是没错的了！我猜，说不定和萧家那两个妞儿有关，在酒楼捧戏子，难免会引起争风吃醋的事！你功夫高，别人可能更高！"

"哈！太妙了！挂了彩回家不敢说！这里面一定有文章，一定不简单！你知道他伤在哪里吗？"

"护士说，在这儿！"纪总管比着右腰。

云翔抓耳挠腮，乐不可支：

"我要拆穿他的西洋镜，我要和爹一起去'问候'他！"

云翔找到祖望，先来了一个"性格大转弯"，对祖望好诚恳地说：

"爹，我要跟您认错！我觉得，自从云飞回来，我就变得神经兮兮，不太正常了！犯了很多错，也让你很失望，真是对不起！"

祖望惊奇极了，简直不相信自己的耳朵：

"怎么忽然来跟我讲这些？你不是觉得自己都没错吗？"

"在工作上，我都没错。就拿萧家那块地来说，我绝对没有去人家家里杀人放火，你想我会吗？这都是云飞听了萧家那两个狐狸精挑拨的，现在云飞被迷得失去本性，我说什么都没用。可是，你得相信我，带着天尧去收账是真的，要收回这块地也是真的，帮忙救火也是真的！我们毕竟是书香门第，以忠孝传家，你想，我会那么没水准，做那么低级的事吗？"

祖望被说动了，他的明意识和潜意识，都愿意相信云翔的话：

"那么，你为什么要认错呢？"

"我错在态度太坏，尤其对云飞，每次一看到他就想跟他动手，实在有些莫名其妙！爹，你知道吗？我一直嫉妒云飞，嫉妒得几乎变成病态了！这，其实都是你造成的！从小，我就觉得你比较重视他，比较疼他。我一直在跟他争宠，你难道都不知道吗？我那么重视你的感觉，拼命要在你面前表现，只要感觉你喜欢云飞，我就暴跳如雷了！"

祖望被云翔感动了，觉得他说的全是肺腑之言，就有些歉然起来：

"其实，你弄错了，在我心里，两个儿子是一模一样的！"

"不是一模一样的！他是正出，我是庶出。他会念书，文质彬彬，我不会念书，脾气又暴躁，我真的没有他优秀。我今天来，就是要把我的心态，坦白地告诉你！我会发脾气，我会毛毛躁躁，我会对云飞动手，我会口出狂言，都因为我好自卑。"

"好难得，你今天会对我说这一篇话，我觉得珍贵极了。其实，你不要自卑，我绝对没有小看你！只是因为你太暴躁，我才会对你大声说话！"祖望感动极了。

"以后我都改！我跟您道歉之后，我还要去和云飞道歉……他这两天病得好像不轻，说不定是被我气得……"说着，就抬眼看祖望，"爹！一起去看看云飞吧！他那个'伤风'，好像来势汹汹呢！"

祖望那么感动，那么安慰。如果两个儿子能够化敌为友，成为真正的兄弟，他的人生，夫复何求？于是，父子两个就结伴来到云飞的卧室。

阿超一看到云翔来了，吓了一跳，急忙在门口对里面大喊：

"大少爷！老爷和二少爷来看你了！"

云翔对阿超的"报信"，不怀好意地笑了笑。阿超觉得很诡异，急忙跟在他们身后，走进房间。

云飞正因为早上和雨风的一场见面，弄得心力交瘁，伤口痛得厉害，现在昏昏沉沉地躺着。齐妈和梦娴守在旁边，两个女人都担心极了。

云飞听到阿超的吼叫，整个人惊跳般地醒来，睁大了眼睛。祖望和云翔已经大步走进房。梦娴急忙迎上前去：

"你怎么亲自来了？"

齐妈立刻接口：

"老爷和二少爷外边坐吧，当心传染！"就本能地拦在床前面。

云翔推开齐妈：

"哎，你说的什么话？自家兄弟，怕什么传染？"他直趋床边，审视云飞："云飞，你怎样？怎么一个小伤风就把你摆平了？"

云飞急忙从床上坐起来，勉强地笑笑：

"所以说，人太脆弱，一点小病，就可以把你折腾得坐立不安。"

阿超紧张地往床边挤，祖望一皱眉头：

"阿超，你退一边去！"

阿超只得让开。

祖望看看云飞，眉头皱得更紧了：

"怎么？气色真的不大好……"他怀疑起来，而且着急："是不是还有别的病？怎么看起来挺严重的样子？"

"我叫老罗去把朱大夫请来，给云飞好好诊断一下！"云翔积极地说。

梦娴不疑有他，也热心地说：

"我一直说要请朱大夫，他就是不肯！"

云飞大急，掀开棉被下床来：

"我真的没有什么，千万不要请大夫，我早上已经去看过大夫了，再休息几天，就没事了。来，我们到这边坐。"

云飞要表示自己没什么，往桌边走去。云翔伸手就去扶：

"我看你走都走不动，还要逞强！来！我扶你！"

阿超一看云翔伸手，就急忙推开祖望，想冲上前去，谁知用力太猛，祖望竟跌了一跤，阿超慌忙弯腰扶起他。祖望惊诧得一塌糊涂，大怒地喊：

"阿超，你干吗？"

就在这电光石火之间，云翔已背对大家，遮着众人的视线，迅速地用膝盖，用力地在云飞的伤处撞击过去。

云飞这一下，痛彻心肺，跌落于地，身子弯得像一只虾子，忍不住大叫：

"哎哟！"

云翔急忙弯腰扶住他，伸手在他的伤处又狠狠地一捏，故作惊奇地问：

"怎么了？突然发晕吗？哪儿痛？这儿吗？"再一捏。

云飞咬牙忍住痛，脸色惨白，汗如雨下。

阿超一声怒吼，什么都顾不得了，扑过来撞开云翔，力道之猛，使他又摔倒在地。他直奔云飞，急忙扶起他。云翔爬起身，惊叫着：

"阿超，你发什么神经病？我今天来这儿，是一番好意，要和云飞讲和，你怎么可以打人呢？爹，你瞧，这阿超像一只疯狗一样，满屋子乱窜，把你也撞倒，把我也撞倒，这算什么话？"

祖望没看到云翔所有的小动作，只觉得情况诡异极了，抬头怒视阿超，大骂：

"阿超！你疯了？你是哪一根筋不对？"

齐妈紧张地扶住云飞另一边，心惊胆战地问：

"大少爷，你怎样了？"

云飞用手捧住腹部，颤巍巍地还想站直，但是力不从心。踉跄一下，血迹从白褂子上沁出，一片殷然。阿超还想遮掩，急忙用身子遮住，把云飞放上床。

云翔立刻指着云飞的衣服尖叫：

"不好！云飞在流血！原来他不是伤风，是受伤了！"

梦娴大惊，急忙伸头来看，一见到血，就尖叫一声，晕倒过去。

齐妈简直不知道该先忙哪一个，赶紧去扶梦娴：

"太太！太太！太太……"

祖望瞪着云飞，一脸的震惊和不可思议：

"你受了伤？为什么受了伤不说？是谁伤了你？给我看……给我看……"

祖望走过去，翻开云飞的衣服，阿超见势已至此，无法再掩饰，只能眼睁睁让他看。于是，云飞腰间密密缠着的绷带全部显露，血正迅速地将绷带染红。祖望吓呆了，惊呼着：

"云飞！你这是……这是怎么回事啊……"

云飞已经痛得头晕眼花，觉得自己的三魂六魄，都跟着那鲜红的热血，流出体外，他什么掩饰的力量都没有了，倒在床上，呻吟着说：

"我不要紧，不要紧……"

祖望大惊失色，直着脖子喊：

"来人呀！来人呀！快请大夫啊！"

云翔也跟着祖望，直着脖子大叫：

"老罗！天尧！阿文！快请大夫，快请大夫啊……"

云飞的意识在涣散，心里剩下唯一的念头：雨凤，我的戏演不下去了，我失误了，怎么办？谁来保护你？谁来照顾你？雨凤……雨凤……雨凤……他晕了过去，什么意识都没有了。

（京权）图字：01-2025-0195

图书在版编目（CIP）数据

苍天有泪 . 1，无语问苍天 / 琼瑶著 . -- 北京：作家出版社，2025.1. --（琼瑶作品大全集）. -- ISBN 978 - 7 - 5212 - 3236 - 3

Ⅰ. I247.5

中国国家版本馆 CIP 数据核字第 2025P578A1 号

版权所有 © 琼瑶

本书版权经由可人娱乐国际有限公司授权作家出版社出版简体中文版

非经书面同意，不得以任何形式任意重制、转载。

苍天有泪 1 无语问苍天（琼瑶作品大全集）

作　　者：琼　瑶
责任编辑：方　焱
装帧设计：棱角视觉　纸方程·于文妍
责任印制：李大庆　金志宏
出版发行：作家出版社有限公司
社　　址：北京农展馆南里 10 号　　　邮　　编：100125
电话传真：86 - 10 - 65067186（发行中心）
　　　　　86 - 10 - 65004079（总编室）
E - mail: zuojia@zuojia. net. cn
http:// www.zuojiachubanshe.com
印　　刷：唐山玺诚印务有限公司
成品尺寸：142 × 210
字　　数：141 千
印　　张：7.125
版　　次：2025 年 1 月第 1 版
印　　次：2025 年 1 月第 1 次印刷
ISBN 978 - 7 - 5212 - 3236 - 3
定　　价：2754.00 元（全 71 册）

作家版图书，版权所有，侵权必究。

作家版图书，印装错误可随时退换。

品 琼 瑶 经 典

忆 匆 匆 那 年

琼 瑶 作 品 大 全 集